Copyright © 2020 Duda Falcão
Todos os direitos desta edição reservados à AVEC Editora.

Nenhuma parte desta publicação poderá ser reproduzida, seja por meios mecânicos, eletrônicos ou em cópia reprográfica, sem a autorização prévia das editoras.

Publisher: Artur Vecchi
Revisão: Gabriela Coiradas
Diagramação: Luciana Minuzzi
Ilustrações: Fred Macedo
Colorização da capa: Robson Albuquerque
Foto do autor: Roberta Scheffer
             com edição de Luciana Minuzzi
Ilustrações flipbook: Freepik
Impressão: Gráfica Odisséia

> F 178
>
> Falcão, Duda
>   Mensageiros do Limiar / Duda Falcão. – Porto Alegre : Avec, 2020.
>
>   ISBN 978-65-86099-43-0
>
>   1. Contos brasileiros   I. Título
>
>   CDD 869.93
>
> Índice para catálogo sistemático:
> 1. Contos: Literatura brasileira   869.93

Ficha catalográfica elaborada por Ana Lucia Merege CRB-7 4667

1ª edição, 2020
Impresso no Brasil / Printed in Brazil

Caixa postal 7501
CEP 90430 - 970
Porto Alegre - RS
www.aveceditora.com.br
contato@aveceditora.com.br
@aveceditora

MENSAGEIROS DO LIMIAR
DUDA FALCÃO

PORTO ALEGRE
2020

OLÁ, CARO LEITOR!
SENTI IMENSA SAUDADE DE VOCÊ.
DEPOIS DE UM BREVE DESCANSO
EM MINHA CONFORTÁVEL TUMBA,
RETORNEI DE UM SONO
PROFUNDO E TREVOSO.
TIVE PESADELOS QUE PRECISO
RELATAR O QUANTO ANTES.
SÃO CAUSOS CADAVÉRICOS
E DE AVENTURA. SIGA EM
FRENTE, LEIA MEUS DEVANEIOS
ESPECTRAIS E DIVIRTA-SE.
UM ABRAÇO TENTACULAR.

OS CRIMES DE DEZ PRAS DUAS......9

ABDUCTOR......27

GEOMETRIA DAS ESTRELAS......57

NECROCHORUME......65

O TEATRO DO VERME......83

PRATO ESPECIAL......89

A VOZ DE UM MORTO......93

FANTASMAGORIA *ON-LINE*......97

NATUREZA DIGITAL......99

MISTÉRIOS DA MEIA-NOITE......101

O ESPÍRITO DO MAMUTE......121

HYLANA E O ORBE DO FEITICEIRO......127

BECKY STAR E RONNIE CONTRA O VAMPIRO PSÍQUICO DE SATURNO......135

FLORESTA COLOSSAL......155

IMORTALIDADE......159

MENSAGEIROS DO LIMIAR......171

OS CRIMES DE DEZ PRAS DUAS

NA TENTATIVA DE AFASTAR O HORROR QUE INSISTE NO ESFACELAMENTO DA MINHA SANIDADE, DA MINHA ALMA ATORMENTADA, DESCOBRI QUE ACESSAR AS MINHAS LEMBRANÇAS É A ÚNICA MANEIRA DE FUGIR DO PRESENTE. Vasculho o passado para obter um pouco de descanso e para tentar apagar, mesmo que por alguns instantes, meu infortúnio.

Quando eu era criança, minha mãe me paparicava com doces de domingo. Dá até para sentir o gosto do pudim de leite ou da ambrosia, posso vê-la servindo para nós. Sou filho único. Ela deixava o pote de sobremesa cheio até as bordas para mim e o meu pai. O ritual era sempre o mesmo, nós comíamos enquanto as ondas do rádio transmitiam uma partida de futebol. Não havia jogo em que não reclamássemos do locutor oficial da estação. Principalmente, nas ocasiões em que se tratava do clássico local, pois o sujeito narrava o gol do nosso time com menor entusiasmo que o do rival. Bons tempos. Tão bons que consigo ver com nitidez nossa casa de madeira, simples, com uma varanda agradável, em que meu pai sentava na cadeira de balanço para ver o movimento da rodovia. Atrás dela, tínhamos um amplo terreno com algumas variedades de árvores frutíferas. Serviam tanto para consumo como para venda. Duas vezes por semana, meu pai e eu íamos de picape, abarrotada de caixas com laranjas, maçãs, pêssegos, bergamotas e goiabas, até o mercado público da cidade. Eu não perdia a oportunidade de abrir bergamotas, eram minhas preferidas, mesmo que passasse horas com aquele cheiro da casca em minhas mãos pequeninas. Continuei ajudando meu pai até o final da adolescência; acordávamos cedo, com o canto do galo, e no turno da tarde eu frequentava a escola. Nunca fui de arrumar confusão. Em geral, a escola em que estudava era tranquila. Foi só quando tivemos de nos mudar para a capital – os negócios não andavam bem – que vi com os próprios olhos a violência da periferia. Aos quinze anos, meu corpo era bem torneado, tinha mãos fortes de quem trabalha no campo e eu era um garoto alto. Isso me ajudou logo no início da mudança escolar. Já na primeira semana, descobri como os valentões do pedaço agiam. Costumavam cobrar dinheiro ou qualquer coisa que fosse das crianças menores. Em troca, livravam o contribuinte de uma surra. Creio que tenha sido numa quarta-feira... Os três carrascos da área – cheguei a pensar que encrencariam comigo naquele dia – passaram por mim me encarando com sobrancelhas arqueadas, fogo nos olhos e um meio sorriso na face. Fiquei apreensivo, com os músculos tesos. Então, se aproximaram do Lúcio, na época com 12 anos. Ivan, o líder do grupo, abriu a mão exigindo o tributo. Lúcio tirou do bolso da calça uma banana, era tudo o que tinha. Mas para aqueles bandidos mirins foi um verdadeiro insulto. Ivan ordenou que o outro capanga lhe desse o corretivo diante da falta de respeito. Outras crianças e adolescentes acompanhavam de longe o que acontecia. O bem-mandado acertou um soco na barriga de Lúcio, que arqueou imediatamente. Em seguida, o valentão mandou um tapa em concha no ouvido esquerdo do menino, que o deixou surdo por mais de semanas. Com o golpe, Lúcio

DUDA FALCÃO

caiu. Os outros então começaram a chutar suas pernas, costas e bunda. Não batiam no rosto, sabiam que não podiam deixar hematomas tão evidentes. Toda a plateia não se atrevia a intervir ou chamar os professores. Não sei o que me deu, eu não podia ficar assistindo àquele espetáculo de injustiça sem participar. Aproximei-me pelo lado do líder e mandei, sem dó, um soco de direita certeiro entre a bochecha, o olho e o nariz dele. Ivan caiu sentado no chão. Antes de levar a mão ao nariz, o sangue já escorria aos borbotões, manchando a sua camiseta. Os outros dois, surpresos diante de um súdito rebelde, demoraram um pouco para revidar. Assim, tive oportunidade de acertar um chute entre as pernas de um deles, do qual não lembro mais o nome. O que bateu em Lúcio veio para cima de mim e nós dois rolamos no chão. Com toda a confusão, o levante começou. Primeiro foram as crianças que começaram a berrar, e depois os adolescentes em uníssono que inflamaram nosso combate. Eles torciam por mim. Algum colega de turma deve ter gravado meu nome e mencionado enquanto ocorria a briga, pois começaram a gritar em meu favor. Com o tumulto, brotaram professores vindos da sala de reuniões, local em que se confinavam durante o intervalo. Como resultado, fui suspenso alguns dias, tive escoriações, mas posso afirmar que todas valeram a pena. No meu retorno, sempre que eu estava por perto, os três valentões do pedaço evitavam cobrar os seus tão valiosos impostos. Esse acontecimento em minha vida fez com que eu escolhesse minha profissão. Eu queria ajudar as pessoas, assim, me tornei um homem da lei, um cara pronto para defender os mais fracos dos opressores. Era minha ideia romântica de ver o mundo. Descobri que na própria polícia existem Ivans e que precisamos combatê-los. Em minha trajetória de ocorrências, prendi ladrões, corruptos e até mesmo

OS CRIMES DE DEZ PRAS DUAS

assassinos. Trabalhei como policial em viatura vários anos. Porém, na ocasião de uma batida no barraco de um traficante, levei um tiro no peito. Sobrevivi. Depois de passar uma temporada no hospital, tive que mudar minha rotina. Estudei intensamente e acabei me tornando delegado. Certo dia, recebemos uma ligação na DH, nossa delegacia de homicídios, informando que um corpo sem cabeça fora encontrado às margens do Guaíba. Eu estava de plantão, e se aproximava a troca do turno. O dia recém-começara a amanhecer. Peguei meu casaco e chamei Osório, um dos investigadores da DH e ótimo perito criminal. Ele acionou o restante da equipe, composta por um fotógrafo e mais um perito criminal. Em geral, eu não deixava minha sala, estava mais envolvido com os papéis da investigação, as pistas e as provas. No entanto, a bizarrice do acontecimento me levou para a rua. Da última vez que tínhamos nos envolvido com algo parecido, havia cabeças decepadas de traficantes que disputavam território de venda de drogas. Chegamos ao local do assassinato, que já estava cercado pelos militares. Eles quase sempre fazem merda, literalmente pisam nas provas. Deviam apenas cercar o perímetro e preservar a cena do crime quando chegam antes da gente. Estacionamos nossa viatura bem perto de um Fox 1.0, de um modelo mais antigo, que estava vazio e com a porta do motorista aberta. Após o meio-fio de paralelepípedos, a calçada era regular no ponto em que observávamos. Mais adiante, havia um declive pouco acentuado, repleto de mato e barro. Nas noites anteriores, havia chovido bastante, mas naquela madrugada o céu tinha sido estrelado. Quando acabava o chumaço de matagal, a areia dominava a beira das águas do Guaíba. Sobre o mato, algumas árvores baixas e de galhos raquíticos forneciam um pouco de sombra quando o sol se tornava abrasador. Naquele momento,

DUDA FALCÃO

os raios do astro rei incidiam sobre nós de forma tímida. As ondas minúsculas da praia tocavam os dedos do corpo estendido no chão. A pele da mulher era branca. Mesmo de longe, dava para ver que vestia uma blusa escura de alcinhas, saia curta, também escura, e que no pé direito permanecia um calçado de salto. No barranco, logo enxerguei o outro calçado atolado no barro. Sem a cabeça, não parecia uma pessoa de verdade. Havia pouco sangue perto do pescoço e na areia granulada. Desviei minha atenção para um homem e uma mulher que aguardavam junto a um dos militares. Os dois vestiam abrigos de marca e estavam suados. Deduzi que devia ser o casal que entrou em contato com a delegacia. Descobri, em seguida, que estava certo. A dupla nos disse que corria regularmente naquele trecho todas as manhãs. Impressionados com o corpo que tinham encontrado largado na areia, repetiam sem parar que não conseguiam entender o porquê de tanta violência na nossa cidade e no mundo. Não havia salvação para a humanidade. Osório anotou somente o que importava do depoimento, o endereço deles e os seus celulares. A seguir, os liberamos. Antes de verificar o corpo, investigamos o automóvel estacionado que estava com a porta aberta. Sem dúvida tinha sido abandonado, queríamos saber de quem era. Osório e o outro perito calçaram luvas de plástico e começaram a procurar por evidências, desde objetos até cabelos, esperma ou sangue. Encontraram uma pequena bolsa que continha um espelhinho de maquiagem, um batom, a identidade de um homem e duzentos reais. O dinheiro intocado, ao menos naquele momento, nos levava à dedução de que nosso assassino não era também um ladrão. O fotógrafo, de fora do veículo, registrava todos os ângulos possíveis. Eu observava com atenção, para ter certeza de que nada tinha sido deixado para trás. Um pouco de sangue estava

OS CRIMES DE DEZ PRAS DUAS

sobre o banco do carona. Precisávamos ter conhecimento se era da vítima ou do agressor. Um exame de DNA comparativo com a amostra encontrada e a do corpo nos daria a resposta exata. Se fosse da vítima, não teríamos como identificar o assassino por esse processo. Ao sair do automóvel, Osório esperou Uilian, nosso fotógrafo, registrar as imagens do sapato alto atolado no barro do declive e tudo o que havia em seu entorno. Encontramos a marca de pegadas e lixo – uma embalagem de chocolate. O assistente de Osório embalou em plásticos separados o sapato e o papel com restos do doce. Verificariam digitais. Nós cuidávamos para não pisar sobre as pegadas. Um rastro delas evidentemente era da vítima, podíamos ver claramente a ponta do calçado e os buracos feitos pelo salto. Próximo a essas pegadas, vimos também marcas que bem podiam ser palmas de mãos. Isso já nos dava a ideia de que a vítima, em algum momento, tinha caído e possivelmente se arrastado para fugir do assassino. O mais intrigante foi encontrar um par de pegadas incomum. Eram feitas por sola de tênis na posição de dez para as duas, como os ponteiros de um relógio analógico, o que nos deu o apelido do assassino, mesmo sem termos ainda certeza de que as marcas tinham sido deixadas pelo criminoso. Alguém que caminhasse com os pés naquela posição provavelmente seria percebido mesmo que estivesse entre uma multidão. Essa era uma pista valiosa. Finalmente nos aproximamos do corpo. A mulher era magra, tinha pernas e braços bem torneados. As unhas das mãos estavam pintadas de preto. O vestido quase revelava suas partes íntimas. Vi o carro do IML chegando. Estacionou atrás do nosso. Antes de carregarem o corpo para a autópsia, eu queria resposta para uma dúvida que martelava minha cabeça. Eu me agachei perto do corpo, e com um graveto, levantei sutilmente a parte de trás do vestido. No momento em que encontramos a carteira de identidade na bolsa, eu já ficara desconfiado. Mesmo com calcinha, deu para perceber que entre as pernas da vítima existiam colhões. Olhei para cima, na direção do outro lado da rua, e observei que não havia câmeras de segurança instaladas nas casas. Gravações poderiam ter nos ajudado. Quando Osório se aproximou para acompanhar mais de perto minha descoberta, deixou que a luz do sol ofuscasse a minha visão...

A luz... Uma fonte de luz foi ligada. Eles... Eles estão chegando. Não... Não. Eles voltaram. Eles estão aqui. Por que não me deixam em paz? Eu só quero ficar em paz. Deixem-me em paz, malditos! Onde estão? Onde estão as minhas lembranças? Onde estão? Elas são a minha única chance de fuga. Meu único refúgio...

Tentamos abafar o crime. Em parte, fomos bem-sucedidos, pois não foram mencionadas as pegadas de Dez pras Duas. Mas vazou a informação do corpo encontrado sem a cabeça na beira do Guaíba, fato que gerou preocupação na população e debate sobre segurança em algumas rádios da cidade. No entanto, a discussão sobre o caso logo desvaneceu quando se soube que a vítima era uma travesti e vendia seus serviços na Avenida Voluntários da Pátria. Pessoas que vendem seus corpos por sexo costumam ser como lixo para a sociedade puritana, mesmo que essa mesma sociedade seja aquela que sustenta tal ofício. Antes de iniciar minha folga de 48 horas, ainda averiguamos se algum morador próximo à cena do crime poderia nos dar alguma pista. Infelizmente, não encontramos nenhuma testemunha. Exausto, fui para casa tentando não pensar em trabalho, porém não desliguei completamente daqueles acontecimentos. Entrei em contato com a minha secretária, para que convocasse os familiares mais próximos da vítima para interrogatório. Dois dias depois, ao retornar à delegacia, dei uma olhada sobre os papéis em cima da minha mesa. A maioria deles tratando dos procedimentos burocráticos de sempre. Eu estava interessado em receber logo o laudo da necrópsia, feita pela polícia científica, de Ailton Nunes, a travesti assassinada. Contudo, ainda não tinha nada sobre isso entre a papelada que havia chegado. Fora apenas informado que dois familiares do morto estariam no turno da tarde em minha sala para prestar depoimento. Enquanto esperava, comecei a pesquisar nos arquivos digitais de delegacias vizinhas por algum crime semelhante. Logo encontrei dois crimes de mesmo teor. Um deles tinha acontecido em Barra do Ribeiro e o outro, em Tapes. Os dois em cidades pequenas, balneários próximos de Porto Alegre. Os corpos estavam sem a cabeça. O primeiro era de uma mulher e o segundo, de uma criança. Nenhum dos relatórios mencionava violência sexual ou evidência de luta. Parece que o assassino estava mesmo interessado na cabeça das vítimas e, por algum motivo, não tinha tido tempo de ocultar o corpo. A perícia encontrara nos corpos uma substância química incomum, com a propriedade de enrijecer músculos. Nos laudos, deduziram que as vítimas eram drogadas antes das cabeças serem cortadas. Não foram encontrados furos de agulha nos corpos. Talvez tivessem sido forçadas a beber o produto químico, ou quem sabe tivessem sofrido com uma injeção em algum ponto da cabeça ou do pescoço. Em relação aos pescoços, os peritos relataram que os cortes eram de uma precisão incrível e que a lâmina podia ter sido esquentada em brasa, pois havia calcinado a carne, evitando a perda de muito sangue. Como o assassino teria em

DUDA FALCÃO

seu poder uma arma de corte com uma lâmina candente, ninguém soube explicar. Para o criminoso, não parecia importar a idade ou sexo da vítima. No entanto, escolhia pessoas de baixa renda. Aí eu já pude perceber que o fulano era esperto, casos de assassinatos que envolviam pessoas pobres, sem recursos para sustentar a investigação, acabavam sendo arquivados mais rápido do que o de sujeitos ricos e da alta sociedade. A minha pesquisa durou algumas horas e a encerrei pouco antes da chegada dos depoentes. Entraram na minha sala a mãe e uma tia de Ailton Nunes. As coisas que tinham para dizer não contribuíram em nada com a investigação. A todo o instante apenas tentavam se justificar pelo fato de o sujeito ter se tornado uma travesti e se prostituir. Insistiam em dizer que ao menos não usava drogas, dessa vergonha tinham escapado, mas que vivia se encontrando com muitos parceiros. Uma lástima, elas afirmavam. Diziam que o guri devia ter se tornado pedreiro, como o falecido pai, assim teria se encaminhado numa vida direita e cristã. Eu as dispensei pouco tempo depois. Durante o restante do dia, continuei dando conta de trabalhos mais urgentes. Meu expediente terminou às 20h. Um colega me substituiria mais cedo naquela noite. Chegando ao meu apartamento, servi um pouco de uísque barato para não pensar nas atrocidades que as pessoas cometiam. Dormi bêbado e sozinho; minha ex me abandonara, não estava preparada para aturar um homem obcecado pelo trabalho e pelo turno escuro da noite, em que todos os gatos são pardos. Na manhã seguinte, ainda de ressaca, recebi o laudo da perícia. As informações não me causaram nenhuma surpresa, pois batiam com as que pesquisara no dia anterior. O pescoço de Ailton Nunes fora cortado por um objeto muito afiado que cauterizou a carne, no corpo encontraram uma substância rara

OS CRIMES DE DEZ PRAS DUAS

capaz de deixar os músculos paralisados e nenhuma evidência de esperma apareceu nos exames. No calçado perdido durante a fuga, encontraram apenas as digitais da própria vítima, o papel com resto de chocolate não dera digitais e quanto ao sangue encontrado no banco do carona, a boa notícia era que não se tratava do sangue da vítima, era de outra pessoa. Para ajudar, embaixo de uma das compridas unhas da travesti, ficara preservado um pedaço de pele com sangue e um fio de cabelo do assassino, que bateu com o sangue analisado do estofado do banco. Já era um ótimo início, pois, se em algum momento tivéssemos um suspeito, bastaria comparar o seu sangue com o da prova do crime. Porém, isso estava longe de significar a pista que nos levaria até o criminoso. Para utilizar a prova, precisaríamos primeiro encontrá-lo. Assim começamos um trabalho minucioso conferindo bancos de dados de DNA, para ver se algum era o do nosso Dez pras Duas. Depois de alguns dias de investigação, esgotamos a chance de encontrá-lo no banco de dados da polícia. O marginal ainda não tinha sido cadastrado, ou seja, mesmo já tendo matado três pessoas, o maldito ainda não tinha nenhuma passagem pela polícia. Será que, além desses assassinatos, havia cometido outros, tendo o cuidado de ocultar os cadáveres? E as perguntas que mais me preocupavam eram se agiria de novo, quando e onde. Vários dias de investigação se desenrolaram. Enviei um dos homens da minha equipe para os balneários em que foram encontrados os outros corpos sem cabeça, para que entrasse em contato direto com os familiares e os delegados responsáveis pelos casos. A busca se mostrou infrutífera, sem qualquer dado novo. Nosso prazo estava acabando. Após trinta dias sem chegar ao autor do crime, tínhamos que encaminhar o inquérito para o Ministério Público. Foi o que ocorreu, e a busca esfriou como

DUDA FALCÃO

o corpo do morto. Sem apelo social, sem recursos disponibilizados, outros trabalhos mais urgentes tomaram o lugar desse mistério que parecia insolúvel. Logo o processo foi arquivado, podendo ser reaberto somente se surgissem novas evidências capazes de nos levar ao assassino. Nunca fui de ficar satisfeito com um caso sem solução, mas a verdade é que isso sempre fez parte da realidade das investigações. Não foram poucas as vezes que bebi fortes destilados pensando nas mortes que ficavam sem ter os culpados levados para a cadeia. Ao saber que o terceiro crime de Dez pras Duas foi arquivado, me lembro de ter bebido o conteúdo de uma garrafa inteira de vodca enquanto assistia à televisão. Adormeci quase sem perceber. Sonhei. Sonhei que estava nu à beira do Guaíba. Soprava um minuano gelado que fazia minhas bolas e pênis encolherem de frio. A lua cheia imprimia seu facho de luz prateado sobre as águas calmas do lago. Eu estava no local onde acontecera o crime de Dez pras Duas. Esfreguei meus olhos cansados de sono para enxergar melhor e vi o corpo sem cabeça de Ailton Nunes de bruços sobre a areia. Continuava com a mesma roupa com que fora encontrado. Gelei, ficando sem nenhuma ação, quando o corpo começou a tremer tendo convulsões. Durante um instante, ele parou de se debater, então, aos poucos, começou a se erguer utilizando braços e pernas para se sustentar. Em pé, ainda de costas para mim, se virou. Mesmo sem a cabeça, era como se pudesse me ver. O morto-vivo começou a caminhar de maneira trôpega em minha direção, com os braços estendidos. Gritei com profundo horror. A terra começou a girar, sentia-me tonto, e no céu estrelado pude ver a cabeça bisonha de uma criatura, que me espionava com dois olhos enormes de crustáceo, me estudava...

OS CRIMES DE DEZ PRAS DUAS

Saiam daqui! Deixem-me em paz. Nenhum de vocês têm o direito de entrar nas minhas lembranças. Não! Não! Vão embora! O passado... O passado é a minha âncora...

Tive que tirar uma licença para descansar. O estresse da vida como homem da lei estava acabando comigo. Aluguei uma casinha barata em São Lourenço do Sul no final da temporada de veraneio. Nesse período, menos pessoas transitavam pelo balneário. Eu precisava de um pouco de paz e abandonar a bebida. No entanto, estava difícil atingir meus objetivos. Logo na terceira noite da minha estada, comecei a beber em um boteco de praia. Antes da meia-noite, com o álcool dominando meus instintos, decidi descobrir onde os homens se divertiam na madrugada. Cheguei a um bordel na RS-265. A casa se escondia no meio do mato, entre árvores altas, no entanto, era possível ver lá da estrada de asfalto a luz vermelha opaca que ficava na porta. Alguns veículos estavam estacionados próximos à entrada. Ao entrar, encontrei um lugar vago no balcão e pedi uma dose de uísque vagabundo, era só o que tinha naquele buraco. Não demorou nada para que uma profissional sentasse no banco alto ao meu lado. Não era bonita, mas tinha uns peitos que valeriam o investimento. Ficamos conversando sobre amenidades, nada sério, ri um pouco, fazia tempo que não ria da vida e de seus problemas. Por um momento, desviei o olhar do sorriso meio torto da minha acompanhante e o enxerguei. Um homem de meia estatura puxava gentilmente pela mão uma prostituta. O caminhar dele era único. O sujeito andava com os pés bem abertos, na posição de dez para as duas, como se fossem os ponteiros de antigos relógios. As pernas arqueadas sustentavam um andar desengonçado, pareciam engrenagens enferrujadas. Seria ele? Após tantos anos, eu o teria encontrado

DUDA FALCÃO

assim, por acaso? Dez pras Duas, com o passar do tempo, teria deixado de ser um assassino meticuloso na escolha de suas vítimas? Mesmo naquele antro, havia testemunhas capazes de descrevê-lo. O homem de caminhar anômalo deixou o bordel com a acompanhante. Assolado pela dúvida, achando que estava delirando devido ao efeito do álcool, não pude me conter. Eu o seguiria aonde quer que fosse para ter certeza. Levantei e mexi na minha carteira, deixando uma nota de cem para a minha simpática companhia. A bebida me deixava com a mão aberta. A mulher, sem entender o que passava, me pegou pelo ombro e insistiu para que eu ficasse. Disse o que poderia fazer comigo naquela noite. Eu deveria ter aceitado o convite, deveria mesmo, mas fui atrás do meu suspeito. Quando saí do bordel, vi que o homem entrou em um velho fusca azul pelo lado do motorista. A sua acompanhante entrou pelo lado do carona. O automóvel estava estacionado mais distante dos outros, próximo de algumas árvores com galhos repletos de folhas, o que dificultava minha visão. A única luminosidade vinha da lâmpada vermelha acima da porta da casa, o pátio de terra batida e a floresta em volta do bordel davam um aspecto doentio ao lugar. Parecia que eu visitava o *hall* do inferno. Esgueirei-me sorrateiramente pelos locais mais escuros que a luz não atingia, para me avizinhar do fusca. Não muito longe do meu objetivo, observei. Os dois trocaram um beijo. Se tivesse que agir, não havia trazido comigo minha pistola. Não gostava de carregá-la quando estava disposto a beber. Todavia, eu podia dar conta daquele criminoso, se é que ele era mesmo o procurado Dez pras Duas. Percebi que a mulher havia se abaixado, sumindo da minha visão. Eu me aproximei temendo pelo pior. Acabei presenciando o que já tinha visto outras vezes, uma mulher chupando um pau. Com um misto de alívio e desânimo, me afastei. Voltei para o meu carro. Sei que

OS CRIMES DE DEZ PRAS DUAS

não devia dirigir bêbado, mas ainda estava no controle do meu corpo. Tenho saudades dele...

A luz fraca acesa me permite ver na penumbra. Quando volto a enxergar, sempre fica mais difícil reter minhas memórias. Minha atenção teima em retornar para o presente. Preciso me concentrar muito mais quando isso acontece para que eu possa fugir do que vejo. Aqueles grandes tubos de vidro, à minha frente e ao meu lado, em cima de prateleiras, me causam um horror indescritível. Suspeito que sou como aquilo que vejo, tenho vontade de acabar com a minha própria existência. Mas não consigo... Não consigo... Fui inutilizado por eles. Minhas memórias... Minhas memórias onde estão? Preciso de vocês... Onde estão? Ah, estão aqui comigo! Eu consigo encontrá-las no canto mais recôndito do meu cérebro. Este ainda funciona bem, para o meu desgosto, assim como os meus olhos... Olhos que viram o meu passado, abençoados e malditos ao mesmo tempo, pois me permitem recordar o que vivenciei de bom e de ruim...

Do meu carro, vi a prostituta sair do fusca azul e entrar no bordel. Logo depois, o sujeito de andar anormal deu partida no veículo. Passou lentamente por mim, sem olhar para o meu veículo. Eu estava sentado no banco do motorista com as mãos sobre o volante. Ainda não decidira se voltaria para a casa que tinha alugado ou se seguiria o homem. Precisava ter certeza. Meu suspeito não ter matado a mulher não significava que ele não podia ser Dez pras Duas. Então, o segui. Ele não pisava no acelerador, talvez tivesse bebido tanto quanto eu. Isso me ajudou a não o perder de vista. No momento em que ele entrou em uma viela secundária de terra batida, parei na estrada asfaltada. Estacionou o fusca na frente de uma porteira distante

DUDA FALCÃO

do asfalto e a abriu. Posteriormente, cruzou-a com o automóvel, deixando-a aberta. De dentro do carro, pude enxergar o atarracado suspeito deixar o fusca diante da varanda de uma casa de madeira rústica e de bom tamanho. Árvores de grande porte a protegiam por todos os lados fornecendo escuridão, mesmo em noite de lua cheia. Abri o porta-luvas e peguei uma lanterna, talvez eu precisasse. Desci do carro, deixando-o na estrada, e passei pela porteira depois que meu suspeito entrou na casa. A luz de um aposento foi acesa. Se ele espiasse pela janela, acabaria me vendo. Resolvi correr em direção à habitação para me ocultar o quanto antes. Nenhuma investigação deve ser feita assim. Eu estava sozinho, sem nenhum parceiro para me auxiliar. No calor da hora e na minha inquietação, acabava não tendo as melhores ideias. Cheguei à proteção da varanda. A mesma luz foi apagada. Fiquei estático por um tempo, não me movia. Lembro somente do peito movendo-se lentamente, para que os pulmões fizessem o seu trabalho. Colei o ouvido à porta. Com cautela, espiei através do vidro da janela que estava com as cortinas abertas. Lá dentro, dava para ver uma cozinha contígua a uma sala com computador, TV e sofá, além de uma mesa e uma estante com livros desarrumados. Havia outra porta aberta, que parecia levar para um corredor. Testei o trinco da porta. Bingo! Estava aberta. O idiota estava realmente bêbado, não fora nem mesmo capaz de chaveá-la. Se fosse o assassino, eu estava convencido de que encontraria alguma prova para incriminá-lo. Entrei pé por pé, sem ligar a lanterna, meus olhos se acostumaram com a escuridão. Antes que pudesse averiguar melhor a situação, procurar por alguma evidência ou seguir pelo corredor que levava para os outros cômodos, escutei o ranger de uma tábua atrás de mim. Quando me virei, senti uma dor lancinante no rosto. Antes de cair, vi Dez pras Duas com um

OS CRIMES DE DEZ PRAS DUAS

martelo ensanguentado na mão. Era o meu sangue. O osso da minha face tinha sido esmagado e afundado. Ele me aguardara de tocaia atrás da porta. A seguir, me acertou mais uma pancada no joelho direito que fez meu osso estalar, impossibilitando que eu levantasse. O mundo começava a girar, eu precisava revidar ou fugir antes que fosse tarde demais. A lanterna já estava longe de minha mão, no chão. Tentei pegá-la, podia servir como objeto de arremesso, talvez. Isso não foi possível: ele martelou minha mão sem dó nem piedade. Lembro que gritei dessa vez. Em um último golpe, o derradeiro, ele acertou o meu queixo com toda a violência que seus músculos permitiam, deslocando a arcada dentária. A dor foi tão forte que apaguei. O rosto insano e bestial daquele homem marcou minha memória a ferro e fogo. Abri minhas pálpebras, acho que pouco tempo após ser atingido, pois ele me arrastava por um dos braços, me levando por um corredor de pedra iluminado por lâmpadas de luz amarela. Entramos em uma sala, o maldito me deixou no chão. Vi que estava de costas para mim, pegando alguma coisa em uma bancada. Eu me mexi na tentativa de fugir, a dor foi tanta que gemi. Ele me escutou. Olhou para mim com uma seringa em uma das mãos. Um líquido amarelado e viscoso borbulhava dentro do vidro. O homem chutou o meu rosto, no lugar onde havia fraturado meus ossos. Impotente, apenas agonizei enquanto ele enfiava aquela longa agulha na minha testa, no que chamam de glândula pineal. No meu íntimo, naquele momento, o agradecia, uma vez que a dor começou a se desvanecer. Não somente a dor, todo o meu corpo entrava em estado de formigamento. Perdi completamente o tato. Minhas pálpebras paralisadas não piscavam. Os olhos esturricados acompanharam cada etapa do processo. Vi Dez pras Duas aproximar do meu pescoço um instrumento

DUDA FALCÃO

cirúrgico impossível de descrever. Em seguida, tive o vislumbre aterrorizante de encarar meu corpo sem minha própria cabeça caído no chão. Dez pras Duas caminhou segurando minha cabeça pelos cabelos, enquanto entrava em outro corredor. Chegou a uma sala ampla e depositou o que sobrara de mim sobre uma bandeja de metal contendo um líquido escuro até a borda. Então, começou a estalar a língua no céu da boca de uma maneira que eu nunca ouvira antes. Parecia conversar com alguém que eu não podia ver. Assim que encerrou sua estranha fala, deixou aquele recinto, que permaneceu à meia-luz. Sem poder fechar minhas pálpebras, vi um deles. Não podia evitar. Ah, que monstro asqueroso! Aqueles olhos, aqueles olhos de animal marinho me davam medo, as asas de morcego e as garras que funcionavam como hábeis pinças completavam seu aspecto improvável. Meu Deus! Ele estava ali para limpar o que não era necessário. Vi quando cortou a carne do meu rosto, quando tirou os ossos...

Sei o que sobrou de mim, pois vejo os outros boiando nos grandes tubos de ensaio. São dezenas de cérebros conectados aos seus olhos, talvez centenas. Não tenho como afirmar o número de exemplares expostos, não conheço a extensão desse galpão, desse maldito laboratório de experiências monstruosas, talvez alienígenas. Cada um dos tubos é ligado por fios que se expandem até o teto para se conectar a uma máquina que parece um gerador. Toda vez que o horror me invade, vejo borbulhar o líquido gelatinoso que me conserva. É como se eu pudesse originar algum tipo de energia. Afinal, o que eles querem? O que eles desejam? Por que esses desgraçados simplesmente não nos deixam morrer? Ah, minha alma atormentada, insana, como posso dar a mim mesmo um pouco de alívio? Minhas

OS CRIMES DE DEZ PRAS DUAS

lembranças... Minhas lembranças onde estão? Onde estão? Ah, estão aqui. Aqui em algum lugar profundo do meu cérebro...

Quando eu era criança...

In: **Narrativas do Medo 2**. Rio de Janeiro: Copa Books, 2018. Narrativa vencedora do Primeiro Prêmio ABERST na categoria conto policial e de suspense (2018).

ABDUCTOR

No mesmo dia em que inaugurei meu *site*, recebi a ligação. Minha contratante era uma mulher de voz aguda e aflita. Eu podia perceber sua angústia. Contou-me em poucas palavras sobre o desaparecimento da filha. Disse-me que a polícia a procurava, mas sem nenhum resultado, nenhuma pista. E, quando viu minha página oferecendo serviços de investigação particular, não hesitou em me contatar. Solicitei que viesse ao meu escritório, situado no centro da cidade, em uma galeria da Rua da Praia.

Rosana chegou antes do final da tarde. Os cabelos da mulher estavam desgrenhados. Apresentava olheiras, não maquiara o rosto, estava usando um vestido amassado, longo e cinza, sapatos baixos e carregava uma bolsa enorme que não combinava com o resto da sua indumentária. Eu não costumava pintar os olhos ou colocar batom, preferia manter o rosto limpo, discreto, em função do trabalho. Ao menos, ainda penteava meus longos cabelos negros e sabia combinar acessórios com roupas.

Meu escritório é pequeno, não impressiona ninguém. Sem dúvida, esse aspecto dificulta na hora de acertar meus honorários. Já pensei em trocar, mas aí teria de trabalhar vinte e quatro horas, os sete dias da semana, somente para pagar o aluguel. Sendo assim, mantenho meu quartel-general em um lugar barato e acessível. Infelizmente, dessa maneira, sem impressionar o cliente no primeiro contato, não dá para exagerar no taxímetro, mesmo sabendo que muitas vezes a concorrência cobra o olho da cara.

Conduzi minha cliente para a sala de reuniões. Um cubículo, é verdade. O espaço comporta minha mesa de madeira rabiscada, o computador, uma cafeteira, cadeiras e um quadro em que prego fotografias, notícias, telefones, qualquer pista que me seja útil quando busco desvendar casos. No momento, trabalho em duas ocorrências de adultério. Em geral, são as solicitações mais comuns. No escritório, também existem um banheiro e outro recinto, que utilizo como depósito de documentos, arquivos e materiais técnicos, que incluem algumas peças de roupas.

Puxei a cadeira para que ela sentasse e ofereci um café. Ela aceitou, sem açúcar. Bebeu. Fez cara de quem não gostou. Admito, já estava mais para morno do que quente. Fingi não perceber a cara de desagrado da cliente e sorvi o conteúdo da minha xícara em um único gole.

— Então... Trouxe a fotografia mais recente da sua filha?

— Está aqui. — Ela puxou da bolsa um retrato da menina.

Tinha cabelos longos, loira, olhos verdes, peso acima da média e expressão vivaz. Parecia muito feliz. Certamente a mãe selecionara a melhor foto para mostrar. A partir daquela imagem, eu poderia reconhecê-la de longe. Sempre fui de memorizar muito fácil os rostos das pessoas, mas isso não era suficiente. Eu precisava reunir mais detalhes para ter algum ponto de partida. Para a Polícia Civil, entre tantos outros indivíduos desaparecidos, ela se tratava apenas de mais um número.

— Lembro de você ter comentado por telefone que sua filha sumiu enquanto brincava em uma praça. É isso mesmo?

DUDA FALCÃO

— Foi o que eu disse. Você é como a polícia? Os policiais, em vez de me ajudar... escutar o que tenho para falar... parecem mais dispostos a duvidar do que eu digo — percebi que ela estava à beira de um ataque nervoso. Provavelmente não dormia direito desde o trágico acontecimento.

— Tenha calma, não é nada disso. Apenas preciso saber o maior número de detalhes. Confie em mim. Farei o melhor para encontrar a sua filha.

— Você é mãe? — A pergunta me fez gelar. Detestava falar sobre esse assunto. Fazia-me mal. Sofri intensamente por essa condição.

— Fui. — Nessa hora, pensei em tomar um gole da vodca que guardo na gaveta da minha mesa. Peguei um cigarro na cigarreira de metal que conservo desde a adolescência.

— Como assim? Ou você é ou não é.

— Meu filho morreu de câncer aos quatro anos de idade. Já fui. Não sou mais. Não vejo a relevância de falar sobre minha vida. — Acendi o cigarro.

— Preciso saber que meu tempo não será desperdiçado com você. A cada hora que passa, só Deus sabe o que acontece com minha menina. — Os olhos dela se encheram de lágrimas, esforçava-se para não chorar.

— Não suporto a ideia de uma criança sofrendo, se é isso o que você deseja saber. Por favor, me dê o endereço do local em que você a viu pela última vez.

Anotei o bairro e o nome da rua. Seria meu ponto de partida. Precisava observar o lugar e os transeuntes com minúcia. Um pequeno detalhe poderia significar uma pista significativa. Também perguntei em qual delegacia ela registrara a queixa, para conversar com o responsável pela investigação. Toda informação é sempre bem-vinda.

ABDUCTOR

— Você costumava ir a essa praça regularmente?

— De vez em quando. Desde que meu marido morreu, eu me acostumei a pegar Júlia na escola depois do trabalho e me enfurnar no apartamento. Não tenho muita paciência para interagir com outras pessoas. — Rosana esfregava uma mão com a outra. — Às vezes íamos aos sábados ou domingos, mas nunca em dia de semana, como dessa vez. Em uma tarde de inverno, é raro ter a sorte de um lampejo de sol, então resolvi passear com... Desculpe, está difícil até mesmo pronunciar o nome do meu anjinho. — Finalmente uma lágrima escorreu, mas ela não deixou que permanecesse muito tempo no rosto, logo secou com a ponta dos dedos.

— Entendo. No entanto, preciso que você se esforce para me dar um panorama desse final de tarde. Quem circulava pela praça? Homens, mulheres, crianças, idosos? Os adultos cuidavam de seus filhos, adolescentes jogavam bola, pessoas andavam em grupo, sujeitos solitários observavam o movimento? Pense! Construa a memória daquele dia!

— Tenha paciência comigo. Ao entrar em pânico, quando não a encontrei, não consegui pensar em mais nada. Somente queria tê-la junto de mim.

— Certo. Continue... Será de grande ajuda. Garanto.

— Levei um livro comigo. Arrependo-me. Se eu tivesse cuidado melhor dela... se eu não estivesse lendo...

— Por favor, Rosana. Culpar-se não nos facilitará a investigação.

— Tem razão. Desculpe. Antes de começar a ler o livro, eu e Júlia estávamos sentadas em um banco da praça. Comíamos pipocas, que eu havia trazido de casa, recém-feitas no micro-ondas. Moramos a mais ou menos duas quadras daquela praça...

DUDA FALCÃO

— Continue, por favor.

— Minha menina alimentava uns pombos que se amontoavam aos nossos pés. Quando o pacote acabou, ela me avisou que iria até o balanço. Saiu correndo, levantando poeira do chão com as suas botinas de couro e afugentando as aves. Apenas sorri por saber que ela estava contente. Despreocupada, abri o livro e, ao levantar meus olhos das páginas, após alguns minutos de leitura, não a vi mais. Os balanços não ficavam a mais de dez metros de distância!

— Você pode não ter visto, mas não ouviu alguma coisa que pudesse ter chamado a sua atenção?

— Nada que eu possa destacar como importante. Talvez... o barulho das correntes do balanço enquanto Júlia brincava. Depois... depois o silêncio, somente o assobio do vento. Um silêncio estranho, angustiante, foi aí que parei de ler e, ao olhar para os brinquedos, não a vi mais.

— E as outras pessoas na praça? Quem estava lá? Alguém pode ter visto Júlia se afastar.

— Somente minha menina brincava nos balanços. Nenhuma criança ao redor, nem no escorregador, nem nas gangorras. Avistei apenas alguns garotos mais ao longe, que jogavam futebol. Primeiro corri até os balanços, gritei pelo seu nome. Olhei para todos os lados e nada. Era como se o tempo tivesse parado para mim. Fiquei zonza, quase desmaiei. Um cheiro forte, uma fragrância doce e enjoativa parecia impregnar o local. Caminhei até a rua mais próxima e não vi movimento. Havia alguns carros estacionados e não passava nenhum pedestre. Meu Deus, parecia que eu estava vivenciando o fim do mundo, um lugar vazio. Meu coração batia acelerado, fui até os meninos, adolescentes, que corriam atrás da bola. Feito uma histérica, eu os abordei, descrevi Júlia, perguntei se não

ABDUCTOR

a tinham visto, se não tinham visto alguma pessoa com ela; naquele momento já comecei a imaginar o pior... Não tenho dúvidas de que alguém a raptou. Júlia não poderia ter sumido tão rápido sem que alguém a pegasse!

— Compreendo. Diga-me... Você suspeita de alguém? Você acha que alguma pessoa conhecida teria interesse em raptá-la? Alguém da família, por exemplo?

— Não. Ninguém da minha família seria capaz. Não tenho irmãos. Meu pai ainda é vivo, mas nunca demonstrou afeto pela neta. Meu falecido marido tem uma irmã que não mora em nosso estado. Não tínhamos contato com ela. Quando ficou sabendo do ocorrido com Júlia, se mostrou afável e participativa, disse que me ajudaria no que fosse necessário. E... Não... Não conheço ninguém que seja capaz disso! — Ela ficou irritada com a pergunta.

— Veja, meu interesse é ampliar nosso espectro de investigação. Temos poucos dados. Você se dá bem com os seus vizinhos? Júlia estuda perto da praça?

— Nunca tive problemas com vizinhos. Apenas não nos entrosamos muito com as pessoas. Temos nossa própria vida, nosso próprio ritmo. Quanto à escola, é perto dali, sim. Posso dar o endereço para você.

— Vou querer. Vocês costumam fazer compras juntas no comércio da região?

— Costumamos ir à padaria e à banca de revistas do bairro.

— Dê-me o endereço de todos esses lugares. — Empurrei um bloco de notas para Rosana e uma caneta. — Preciso saber mais uma coisa... A polícia procurou por Júlia em hospitais e necrotérios?

— Disseram-me que sim. Por isso ainda mantenho

muitas esperanças de que possamos encontrá-la viva.

— Farei o meu melhor.

Considerei nossa primeira conversa quase terminada. Somente após levantar mais informações voltaria a chamá-la em meu escritório. A parte final daquele tipo de diálogo sempre é a mais difícil em se tratando de casos assim. Mas não fico enrolando. É imperativo sobreviver. Cobrei a quantia referente ao serviço de uma semana, de acordo com os possíveis gastos e meus honorários. Deixei claro que, na semana seguinte, precisaria de novo pagamento, caso fosse necessário. A cliente abriu a carteira, não titubeou, retirou um talão e preencheu o cheque sem regatear. Eu disse que a manteria informada antes de nos despedirmos. Com a verba garantida não me esquivo, vou direto ao trabalho.

Antes de investigar pessoalmente o local em que ocorrera o sinistro, observei-o pelo *Google Maps*. Teclei diversos *Alt* mais *Print Screen* para copiar imagens do interior da praça: repleta de árvores, um campinho de futebol e brinquedos, como balanços, escorregadores e gangorras. Analisei as casas e os prédios do entorno.

Naquela noite, saí para o campo de trabalho. Antes disso, porém, troquei minhas roupas. Para receber os clientes, eu costumava vestir sapatos sem salto, calças sociais, uma camisa de botões clara e um coletinho escuro por cima. Mantinha meus cabelos em rabo de cavalo. Tudo muito sóbrio. Para enfrentar a noite, precisava mudar o modelo de acordo com cada lugar. Vesti calça *jeans*, tênis *All Star*, camiseta preta de banda e jaqueta de couro. Soltei os cabelos, passei um delineador nos olhos, mas evitei o batom.

Peguei meu carro no estacionamento onde sou mensalista. Pago uma mixaria, o estabelecimento é do meu tio. Do contrário, com o preço absurdo que estão cobrando, não poderia vir de automóvel ao centro da cidade. Liguei o rádio sintonizando em um canal de notícias que costuma derramar sangue pelos alto-falantes. Queria saber se algum novo desaparecimento havia sido noticiado. Às vezes, uma informação leva à outra, é preciso estar atenta nessa profissão.

Cheguei à praça. Estacionei em um ponto quase sem carros. Uns garotos ainda jogavam no campinho de futebol. Já era noite e estava ficando frio. Havia pouca iluminação, as lâmpadas dos postes emitiam uma luz fraca, de uma tonalidade pastel, modorrenta. Do lado em que me encontrava, estava mais escuro. A praça era cercada por casas simples, não era um bairro de gente rica, pelo contrário. Do outro lado, eu podia avistar estabelecimentos comerciais: uma eletrônica e uma lojinha de bugigangas fechadas. Mais adiante, um bar.

Desliguei o rádio comum e liguei um aparelhinho bem útil, que sintoniza a frequência da polícia. Todos os dias eu fazia isso, já era vício. Escutei um pouco o que diziam. Nada sobre o tipo de delito que eu procurava, além de surras impostas por maridos em suas esposas, um assassinato e alguns assaltos.

Os garotos pararam de jogar. Despediram-se, um deles pegou a bola e foi embora. Logo em seguida, os outros também debandaram. Um dos garotos se dirigiu ao bar. Certamente não tinha mais de dezoito. Eu falaria com ele depois de andar pela praça. Desci do meu carro, uma cangalha dos anos oitenta. Mesmo que não seja o melhor, para mim acaba sendo o ideal. Ainda me conduz aonde quero ir e nenhum engraçadinho tenta roubá-lo.

Levei comigo uma lanterna para enxergar melhor o ambiente. Em alguns pontos da praça, a escuridão era quase total. Fui até os brinquedos. Ao lado das gangorras e dos

DUDA FALCÃO

balanços, havia uma pequena ribanceira e alguns arbustos. No final do declive gramado, via-se a calçada e depois a rua de paralelepípedos. Não seria difícil para alguém ficar agachado naquele lugar, apenas observando o movimento, pronto para dar o bote. Um pano embebido de uma droga forte, ao se colocar no nariz e na boca de uma criança, seria suficiente para fazer a vítima apagar sem dar nenhum pio. Se fosse um caso de rapto, como Rosana alegava, não seria difícil explicar. Porém, disso eu ainda não tinha certeza. Sempre havia outras possibilidades, por exemplo, a fuga diante de maus-tratos ou, então, algum desvio mental que a fizesse sair a esmo, separando-se sem querer da mãe. Conjecturando ainda alguma probabilidade do rapto, não dá para negar que se o sujeito tivesse um carro estacionado próximo daqui, desapareceria com a menina quase em um piscar de olhos. Mas também faria isso rápido se morasse em uma dessas casas em frente à praça. No entanto, ainda achava essa uma escolha difícil para o raptor. Era arriscado sequestrar alguém tão próximo ao seu covil.

Olhando mais de perto os balanços, vi nas traves de ferro diversas letras *A*. Pelo que percebi, haviam sido escritas com algo pontudo, talvez uma faca ou até mesmo a ponta de uma chave. Achei aquilo peculiar. Parecia coisa de gangue. Peguei o celular e fotografei.

Caminhei entre os brinquedos e não encontrei mais nada que fosse digno de nota. Desci pelo barranco, possível caminho que o raptor, se é que realmente existia, deveria ter usado e atravessei a rua. Dirigi-me até o bar. Sem dúvida, uma boca braba para qualquer mulher entrar desacompanhada. No entanto, não costumava fazer o papel de mulher frágil, nem mesmo para os meus namorados, e sabia como lidar com sujeitos desagradáveis.

ABDUCTOR

Sentei-me em uma cadeira, daquelas de plástico, pouco firmes, e chamei o garçom, que também devia ser o proprietário. Ele secava um copo, que colocou sobre uma bandeja no balcão, ao lado de outros. Jogou o pano amarelado sobre o ombro e veio me atender. Pedi uma cerveja e um pastel de carne.

Das quatro mesas ocupadas, somente em uma delas havia uma garota, rodeada por três rapazes. Em outra delas, o garoto que jogava futebol estava com mais um amigo. Na terceira, três homens de barba rala conversavam, eu podia escutá-los falando das minhas coxas. Nojentos! Fiz que não os ouvi. Tive vontade de levantar e esvaziar meu *spray* de pimenta na cara deles. Porém, decidi que o melhor seria ignorá-los. Na última mesa, vi dois garotos vestidos com roupas de *rappers* nova-iorquinos, correntes pendendo do pescoço, bonés caros e tênis novos. Olharam-me de cima a baixo, mas não disseram nada.

Depois que comi meu pastel, um dos pseudo-habitantes de Nova Iorque levantou da mesa e, com uma ginga estranha, se aproximou. Puxou uma cadeira e sentou ao meu lado.

— Posso?

— Já sentou.

— Nunca te vi aqui.

— Sou nova no bairro. Tô trabalhando.

— Quanto você cobra?

— Não é o que você tá pensando.

— Então é polícia? — O tom na voz dele mudou de maneira radical.

— Não. Sou detetive. Estou investigando um desaparecimento. Uma criança evaporou aqui na praça de vocês. Por acaso ouviu falar alguma coisa sobre isso?

— Não tô sabendo de nada. — Fez menção de se levantar.

— Não sou encrenca. Apenas sou direta. Não tenho tempo a perder. Pode ficar tranquilo. Estou numa trilha sem pistas. Costumo pagar por alguma informação que seja valiosa. — Mostrei uma nota de cinquenta. Ele se acomodou de maneira mais confortável na cadeira. — Ouvi dizer que mais de uma criança desapareceu por aqui nos últimos tempos. — O garoto olhou para o dinheiro entre meus dedos.

Arrisquei, entregando-lhe a nota, pois pressenti que ele poderia me dizer algo importante. O nova-iorquino porto-alegrense pegou a verba.

— Ouvi dizer que estão procurando o rouba-crianças. — A partir desse momento, para mim, começou a se cristalizar com muito mais força a possibilidade de Júlia ter sido mesmo sequestrada. — Mas sem sucesso. Pelos comentários, sei até que a comunidade foi ao babá pedir conselho.

— Qual o nome do pai de santo? — perguntei com desgosto ao saber que um religioso dominava a área. Nunca me interessei por sacerdotes e seus discursos vazios, independentemente da religião que professam.

— O nome real ninguém conhece. Apenas o chamam de Dentes de Ouro. Pelo que sei, boa parte dos moradores o respeita.

— Onde posso encontrá-lo?

— No alto do morro. Vê ali na outra esquina? — Ele indicou um ponto de táxi. — Pegue um e peça para o motorista deixá-la no terreiro do babalorixá Dentes de Ouro.

— Não preciso de um endereço? Isso é suficiente?

— Pode acreditar. Com um pouco de sorte, certamente o encontrará. — Ele levantou. — Qualquer coisa que precise, sabe onde me encontrar, mina. — Fez uma mesura tocando na aba do boné. — Valeu o trocado!

ABDUCTOR

Terminei minha cerveja sem demorar muito. Na esquina havia um táxi. Solicitei ao motorista que me levasse ao terreiro do tal Dentes de Ouro.

O sujeito me avisou que, naquele dia da semana e àquela hora, eu encontraria a porta fechada. Respondi que não queria assistir a nenhum culto, que apenas desejava visitá-lo para tratar de outro assunto.

O motorista embrenhou-se no bairro. Chegamos a uma rua sem asfalto e depois subimos pela viela íngreme. Ele estacionou diante de uma casa de alvenaria. Era a maior daquelas bandas. Parecia ter sido feita de retalhos. Provavelmente fora uma casa de apenas um cômodo que, de maneira progressiva, estava sendo aumentada. Decerto nenhum arquiteto trabalhara nela, dada a desordem estética do espaço e a falta de preocupação com o belo.

Antes que eu descesse, o taxista foi muito gentil ao perguntar se deveria me aguardar. Respondi que sim. Perder-me por lá, depois de todas as curvas que ele fizera pelo caminho, não seria difícil. Além do mais, um bairro como aquele se configurava perigoso para uma mulher vagando sozinha, mesmo que fosse eu, investigadora e acostumada a frequentar lugares não recomendados.

Passei pela portinhola de uma cerca velha e de pintura descascada. Olhei para trás e conferi: o taxista ainda estava lá. Antes que eu pudesse bater à porta, uma mulher a abriu. Devia ter me visto por uma fresta da persiana, já que as janelas estavam fechadas.

Ela era negra, usava colares cheios de pingentes, um vestido vermelho e, sobre ele, um casaco longo e excêntrico que imitava pele de onça. Seu cabelo volumoso e alto dava a impressão de que ainda estava nos anos setenta.

DUDA FALCÃO

— Hoje não tem sessão.

— Não vim pra isso. — Seria direta. Meu tempo valia esforço e dinheiro. — Sei que Dentes de Ouro conhece muito bem a comunidade. Ele pode me ajudar a desvendar o caso de uma criança desaparecida.

— Desaparecem muitas crianças por aqui, bonequinha.

— Acredito em você. — Tentei controlar meu humor, pois não gostara nada da maneira como ela havia me chamado. — Mas precisamos nos apoiar. Sou investigadora particular, e se depender dos tiras, os desaparecidos continuarão onde estão: presos ou em covas. — Falar mal da polícia em geral ajudava.

Ela me olhou de cima a baixo, como se passasse um *scanner* com detector de metais pelo meu corpo.

— Entra. Vou chamar o babá e ver se ele te atende.

Agradeci e entrei. O lugar tinha cheiro de incenso. Estávamos em uma sala ampla. Provavelmente ali se faziam os cultos. Havia cadeiras de plástico dispostas diante de um altar repleto de estatuetas de divindades. Próximo ao altar, alguns atabaques e tambores. Havia dois sofás grandes, e eu me sentei em um deles para aguardar. Nas paredes, quadros representando santos. A mulher seguiu por uma das portas internas do salão e fechou-a, sumindo do meu campo de visão.

Esperei mais ou menos dez minutos até que chegasse o proprietário do terreiro. Dentes de Ouro vestia um blusão e com certeza usava outras peças por baixo para afastar o frio daquela noite. Sua calça era de linho e cor de creme. Calçava chinelo e meias grossas. Seus cabelos rastafári se amontoavam sobre os ombros. A barba tinha falhas, o bigode era ralo e o cavanhaque tinha alguns centímetros. Consigo trazia, na mão direita, um cajado de madeira retorcida e, a tiracolo, uma pequena bolsa. Tive a impressão de me deparar com uma espécie de feiticeiro.

ABDUCTOR

Sujeito bem diferente das figuras que eu já tinha visto em cultos de religiões afro-brasileiras.

— Boa noite! — Ele foi simpático, sorriu. Foi aí que fiquei mais impressionada. Todos os seus dentes eram de ouro. Mesmo sendo chamado daquela maneira, eu ainda duvidava que isso pudesse ser verdade.

— Boa noite — retribuí, levantando-me do sofá e estendendo a mão.

Ele se aproximou e a apertou. Seu toque era quente.

— Minha companheira me informou que você está à procura de uma criança desaparecida. Por que você acha que eu poderia ajudá-la?

— Pelo que ouvi dizer, você conhece como ninguém os indivíduos das redondezas.

— Um pouco. Não é todo morador que adere à minha religião. Mas tenho os ouvidos aguçados, curiosos, e gosto de ficar atento a todo tipo de histórias que me contam.

— Então você deve ter escutado comentários sobre o desaparecimento de uma garotinha na maior praça do bairro. Ela se chama Júlia.

— Uma amável garotinha roliça de cabelos loiros, pelo que sei.

— Você está bem informado. O que mais sabe sobre o caso? — Dentes de Ouro me olhou meio de lado, como se estivesse me estudando.

— Qual o seu nome?

— Sílvia.

— Todos nós temos um nome, Sílvia. Ou um apelido para nos identificar. Sou conhecido pela alcunha de Dentes de Ouro, e isso é o suficiente para que façam alguma ideia prévia de quem eu sou.

DUDA FALCÃO

— O que você quer dizer com isso?

— Pensei que investigadores gostassem de enigmas. — Ele sorriu com certo sarcasmo.

— Para resolver o seu enigma, preciso de informações.

— Vejamos... Todos possuem um nome, até mesmo os sequestradores.

— Isso não ajuda muito no quebra-cabeça.

— Todos os nomes possuem uma inicial. Melhorou?

— Ainda não faz sentido para mim.

— Pelo visto, você não fez a lição de casa. Se tivesse feito, encontraria mais de uma letra *A* grafada em pontos-chave da região, embora eu tenha visto somente em um local.

— Você se refere aos inúmeros *As* que encontrei escritos no balanço da praça? — Perguntei sem disfarçar a dúvida na voz. Só consegui associar as letras ao brinquedo que fotografara há pouco.

— Exatamente. Afinal, parece que você tem algum talento. Um bom olho.

— Pura sorte — confessei. — Instinto, talvez. As letras se destacavam, pareceu-me peculiar. Mesmo assim, ainda não consigo entender por que alguém deixaria uma inicial gravada, podendo ser encontrado pela polícia.

— O sujeito que você procura não é comum. Isso eu garanto.

— Por favor, seja mais claro e diga-me o que sabe!

— Ainda não sei o quanto você estará disposta a acreditar.

— Se você tem alguma informação que pode ajudar a encontrar a menina, conte-me. Depois decido se posso acreditar em você ou não.

— Sente-se. — Dentes de Ouro indicou o sofá. Logo que me sentei, ele se acomodou na outra extremidade. Puxou

ABDUCTOR

de um bolso da calça um cachimbo e o preencheu com fumo. Em seguida, acendeu e, depois de tragar, me ofereceu. Aceitei. Achei que com aquele gesto de compartilhamento o anfitrião se sentiria mais à vontade para contar o que sabia.

— É bom, não é?

— O quê?

— O fumo.

— Ah, sim. É bom — dei uma resposta positiva, não queria contrariá-lo. Retornei ao que interessava. — Como poderemos chegar ao sequestrador sabendo apenas a sua inicial?

— Ele é o que o próprio nome diz. Um *Abductor*. — Fiz apenas uma expressão de quem não entendeu. Ele continuou percebendo meu desconhecimento sobre a palavra. — A letra *A* é a inicial de *Abductor*, que significa, em latim, sequestrador.

— Por que ele não escreveu um *S*? Estamos no Brasil, falamos português.

— Sua terra natal não é aqui. Ele vem da Itália.

— Entendi. Ele é excêntrico. Gosta de utilizar o latim.

— Não. Você não entendeu. Ele é da época em que se usava o latim como língua oficial em Roma. — A fumaça trancou em minha garganta, me engasgando. Tossi algumas vezes. — Não estamos falando de um ser humano. Você está procurando por uma criatura ancestral que tem sua origem na antiguidade.

— Já ouvi o suficiente. Acho que preciso ir embora. — Passei o cachimbo para o feiticeiro e fiz menção de me levantar. Ele me segurou pelo braço.

— Não vá. Será bom escutar o que tenho a dizer. Isso poderá salvar a sua vida. — Olhou-me no fundo dos olhos. De alguma maneira, eu acreditei nele, talvez já influenciada pela essência da erva que corria em meus pulmões e nas minhas veias. — Isso. Fique e me escute. — Acomodei-me novamente no sofá. — Plínio, o Velho, conhecido por escrever um bestiário de criaturas fantásticas e outras naturais, já descrevera o *Abductor*. Em seu livro, temos o relato de um camponês que o combateu. Sabe-se pouquíssimo sobre essa raça ancestral pelo fato de que a maioria das versões do bestiário não a incluiu. Por sorte, ou obstinação, se preferir, tenho uma versão completa. Custou-me os olhos da cara, mas guardo dinheiro para as coisas que realmente importam. A criatura é ardilosa, sabe como se camuflar, é mestre na arte de passar despercebida entre a multidão.

— Você quer que eu acredite que estou procurando uma espécie de monstro e não um sequestrador?

— Você pode enxergar diferente. Pense sob esta perspectiva: um sequestrador não é um monstro? — Fiquei quieta. Não foi necessário mais esforço dele para me convencer diante daquela pergunta.

— Se ele é uma espécie de monstro, como é capaz de deixar gravada a letra que corresponde ao seu nome no ferro?

— Ele é capaz de raciocinar. Ao mesmo tempo em que pensa, porém, também é movido por instintos animalescos. Veja, por exemplo, alguns animais em seu *habitat* como agem: um leão urina por um extenso território apenas para mostrar que ele é o rei de determinada região, que as leoas que transitam em suas terras são dele; já um urso deixa a marca de suas imensas garras em troncos de árvores grossas para dizer que não gosta de intrusos. O *Abductor* faz algo semelhante. O território em que atua é marcado com a sua inicial. Seu cheiro está ali bem presente, para que qualquer outro da espécie possa farejar.

— Outro da espécie dele poderia rastreá-lo facilmente — falei com certo sarcasmo, demonstrando que era difícil

ABDUCTOR

acreditar em toda aquela história. — Mas como nós faremos para encontrá-lo? — Decidi dar mais combustível para aquela conversa.

— Nós? Eu não desejo encontrá-lo. Se você quiser mesmo enfrentar a morte, procure por mais letras *A* espalhadas pela cidade. Assim poderá mapear a área de atuação do *Abductor*. Mas tenha cuidado, de verdade, se a criatura perceber que está sendo perseguida, certamente você correrá o risco de ser capturada.

— Isso é tudo? Acho que agora tenho de ir embora mesmo. — Aquela história toda era muita loucura para a minha cabeça.

— Deixe-me dizer mais uma coisa que sei sobre o sequestrador antes que você vá. Como boa parte das criaturas sobrenaturais, ele se sustenta com o sangue humano. Exclusivamente do sangue de crianças. Somente no nosso bairro, já sumiram três em dois anos.

— Por que do sangue de crianças? — Perguntei enquanto me levantava. Apesar de ser um relato absurdo, eu era curiosa.

— Sei que o sangue de adultos é veneno para eles. O sangue das crianças, antes de chegarem à puberdade, é algo doce, um néctar, conforme as palavras do próprio Plínio, o Velho.

— Obrigado por me receber em sua casa. — Puxei do bolso um dos meus cartões e entreguei para o feiticeiro. — Se souber de alguma coisa, por favor, me ligue.

Dentes de Ouro colocou o cartão no bolso e sorriu aquele sorriso amarelado, quase irreal.

Ao sair do terreiro, vi o táxi que ainda me aguardava. A noite estava mais fria. Pedi que me levasse novamente à praça de onde tínhamos partido. Assim que chegamos, paguei a corrida e fui direto para o meu carro. Decidi que precisava do restante da noite para descansar e colocar as ideias em ordem depois daquelas informações absurdas e bizarras.

DUDA FALCÃO

No dia seguinte, ao chegar ao escritório, a primeira coisa que fiz foi ligar o computador. Acessei o *Google* procurando por imagens de letras *A*. Precisava de imagens que fossem gravadas como aquelas que eu encontrara no ferro que sustentava os balanços. Aqueles *As* das fotografias pareciam feitos com garras. Logo pensei no exemplo dos ursos citado pelo feiticeiro. Talvez o meu *Abductor* tivesse o corpanzil de um animal atroz. Ri com aquele pensamento, já estava me deixando influenciar. O sequestrador nada mais era do que um maldito ser humano vil e corrompido.

Nenhuma referência do tipo que eu procurava foi encontrada na ferramenta de busca. Fora uma manhã infrutífera para aquele caso. Logo após o almoço, recebi um cliente querendo saber se eu tinha evoluído no caso em que me contratara. Tratava-se do marido traído querendo saber de todos os passos da esposa. Entreguei-lhe umas fotografias e fiz o meu relato, disse tudo o que sabia até o momento. Sempre era ruim quando aquilo acontecia. O sujeito chorou como uma criança, pagou o que me devia e foi embora.

Mesmo cansada do trabalho da noite anterior, estava eufórica para tentar desvendar o desaparecimento da menina. Casos novos sempre me deixavam motivada. Antes das dezesseis horas, deixei o escritório. Dei partida na ignição da minha lata velha sobre rodas e me dirigi para a praça em que Júlia havia desaparecido. Rodei pelas ruas vizinhas sem pressa e com o olhar atento. Para minha surpresa, eis que me deparo com um profundo *A* marcado em uma árvore de tronco largo, em frente a um condomínio de classe média- baixa.

Olhei o nome da rua na placa da esquina. Liguei para um dos contatos que tenho na polícia. O sujeito já flertara comigo mais de uma vez, mas ele tem péssimo gosto musical. Com

ABDUCTOR

sinceridade, isso me tira qualquer excitação. Sempre que me convida para sair, tenho uma desculpa esfarrapada. Não posso simplesmente dizer não, é necessário deixá-los com uma ponta de esperança. Preciso manter os bons informantes.

Quando me atendeu, fui direta, pedi que fizesse uma procura para mim. Tinha de saber se havia registro de alguma criança desaparecida no endereço em que me encontrava. Ligou-me alguns minutos depois. Dito e feito. Um menino de oito anos sumira há mais de um ano do condomínio para o qual agora eu olhava. Não constava nos arquivos da investigação nenhum rastro do seu paradeiro. Desliguei, sem não antes ouvir um novo convite para sair, para o qual a resposta básica foi a mesma de sempre: *não posso hoje, quem sabe outra hora.*

Pude constatar que o feiticeiro ao menos sabia alguma coisa do que estava falando. O *Abductor* deixava sua marca nos locais em que sequestrava crianças. Quantas daquelas marcas deveriam existir pelo bairro ou mesmo pela cidade? Pensei em dividir a informação com a polícia. No entanto, tive receio de que pudessem pensar que sou uma louca desvairada, ou, pior, uma garota ingênua, capaz de acreditar em qualquer conto da carochinha inventado por um pai de santo exótico. Eu poderia argumentar, dizer que não acreditava em toda a história dele, apenas na parte óbvia e mais realista. Ou seja, naquilo que é lógico e está na nossa cara: a letra *A* gravada nos locais dos sequestros. A letra que, de alguma maneira, poderia nos levar ao marginal desumano ladrão de crianças. Saí do carro e fotografei mais aquela pista. Retornei para o automóvel e continuei minha peregrinação pelo bairro. Queria encontrar mais indícios do *Abductor* por aquelas bandas. Conforme a noite chegava, ficava mais difícil detectar suas marcas.

Voltei para casa. Continuei investigando pela internet,

DUDA FALCÃO

sites sociais e de pesquisa, para ver se encontrava algo que pudesse me ajudar naquela empreitada. Já era madrugada quando deitei no sofá para descansar um pouco. Acabei adormecendo. Acordei no dia seguinte com o sol esquentando meu rosto. Levantei com uma dor tremenda nas costas por dormir precariamente instalada. Liguei a cafeteira para fazer um café bem forte, precisava me acordar de verdade.

De ânimo renovado, tomei um banho frio para espantar a preguiça. Ainda no meu apartamento, recebi uma ligação de um cliente dizendo que me aguardava na porta do meu escritório. Era urgente. Eu planejara continuar procurando pelas marcas do sequestrador, mas não podia desprezar novos trabalhos, mesmo quando precisava resolver outros. Essa era a cruel realidade dos fatos, sempre tinha de solucionar muitos casos ao mesmo tempo para poder me sustentar.

No final das contas, aquele foi um dia cheio. À noite não era o melhor momento para procurar pelas iniciais do sequestrador. Tive de me resignar. Somente no dia seguinte continuei minha busca. Dessa vez, prometi a mim mesma que nem passaria no escritório. Tirei do estacionamento meu calhambeque. Acabei me afastando um pouco do bairro em que encontrara as duas marcas. Cheguei a um bairro residencial, às margens do Guaíba. Grande parte dos terrenos era provida de muros que escondiam as casas em seu interior. Algumas moradias que pude verificar, aquelas com cercas mais baixas ou com grades de ferro, tinham um aspecto decadente. Minha investigação já estava se tornando algo aleatório, sem critério. Eu não sabia onde procurar, apenas sabia que tinha de encontrar novos *As*.

Por volta das quinze horas, comi um hambúrguer e tomei um refrigerante. Estava com o estômago roncando de fome. Ainda não era hora para desistir, o expediente não podia

ABDUCTOR

acabar antes das dezoito. Tinha consciência de que mais de uma criança estava nas mãos do *Abductor*. Talvez a liberdade delas dependesse de mim.

Saí de uma avenida asfaltada para entrar em uma rua secundária. Era sem saída e terminava em um barranco de mais ou menos uns dois metros de altura. Não fosse por uma mureta baixa no final do trajeto, alguém descuidado poderia cair na beira do Guaíba, se não freasse. À minha direita, vi um muro desbotado, outrora pintado de branco. Pelas suas incontáveis rachaduras brotavam musgos e folhagens. Do alto, desciam trepadeiras. Atrás delas havia um enorme *A* escavado nos tijolos.

Quase não consegui acreditar na minha sorte. Eufórica, estacionei e desci do carro. Fotografei o *A*. Caminhei ao longo do muro e me deparei com uma porta enferrujada e velha. Ao lado dela havia uma placa de metal e um botão. Tratava-se de um interfone antigo.

Olhei para o celular. Marcava dezessete e trinta. Liguei para o meu contato, mesmo sabendo que, dessa vez, para conseguir alguma informação, talvez eu devesse aceitar algum convite. Não tinha o mínimo interesse no sujeito, mas podia aguentar uma hora ou duas da sua conversa fiada. Liguei. Precisava saber se naquele endereço havia sumido alguma criança. O celular do outro lado chamava. Acabou caindo na caixa de mensagens. Desliguei sem deixar recado. Droga. Eu necessitava de mais informações. Não consegui me conter, precisava falar com o proprietário da casa. Guardei o celular no bolso da jaqueta que usava e apertei o botão do interfone. Não soube dizer se estava funcionando. Esperei um pouco, apertei mais algumas vezes e nada. Aproximei meu ouvido da porta. Era gelada. Tentei escutar alguma coisa, o local parecia tão quieto. Fiquei ali alguns instantes tentando aguçar minha audição. De um instante para o outro, porém, tive a impressão de escutar risos infantis. Afastei automaticamente meu ouvido da porta. Aquilo disparara meu coração. Senti um calafrio na espinha que não soube explicar.

Alguns segundos depois, a porta se abriu. Uma criança me olhava com um sorriso indecifrável no rosto. Crianças, em geral, sorriem de uma maneira inocente, gentil, amorosa. Aquela, de alguma maneira, era diferente. Mostrava os dentes tendo alguma intenção sarcástica em sua mente pueril. Era como se estivesse pronta para me pregar uma peça. Ela me fitava como se eu fosse alvo de uma piada.

Em um primeiro momento, não soube o que dizer. Achei aquela situação bem estranha. Senti-me acuada por aquele olhar. A criança sorria. Como um boneco de cera, seus olhos vidrados me fitavam como se olhassem para um brinquedo. Usava roupas sujas e, em alguns pontos, rasgadas. O cheiro que exalava não era agradável, muito menos o que recendia de dentro do terreno. Percebi hematomas em suas mãozinhas e no pescoço descoberto.

Afastei-me um passo ao invés de me aproximar.

— Não vá embora, moça. Queremos brincar! — À medida que me distanciei, lentamente o seu sorriso se apagou, transformando-se em um beiço de desgosto.

Quando dei novo passo para trás, bati contra algo às minhas costas. A coisa com força indelével tapou minha boca antes que eu pudesse gritar. Senti um cheiro nauseabundo que não pude identificar e que me tonteou. Minha visão escureceu logo em seguida. Só me dei conta de que havia perdido os sentidos quando acordei.

Ao abrir os olhos, me encontrei sentada em uma poltrona. Meu tronco amarrado ao assento e meus braços também. A sala

ABDUCTOR

era escura, iluminada apenas por uma lareira com muita lenha crepitando. Vi uma janela fechada por tábuas impedindo que a luz do exterior pudesse entrar. Diante de mim estavam sentadas cinco crianças, que se alvoroçaram ao me verem despertar.

— A moça acordou! Vamos brincar? — Vibraram eufóricas. Pularam de seus lugares.

As crianças se aproximaram de mim, me abraçaram. Beijaram o meu rosto. O hálito delas era gelado e fétido. Suas roupas sujas e seus corpos não cheiravam bem. Uma delas me beliscou o braço e não evitei um *ai*.

— O que é isso? — Perguntei espantada. Elas se limitaram a rir.

Outra se aproximou e me mordeu com violência, abrindo um ferimento no dorso da minha mão. Sangue escorreu. Gritei. Percebi que estava me tornando o brinquedo delas. A menina que cravara os dentes em mim tinha os cabelos loiros, olhos verdes e era magra. Assim que a dor passou um pouco, consegui raciocinar.

— Júlia? É você, Júlia? — Era difícil reconhecê-la. Havia perdido muito peso desde que fora capturada.

— O padrinho disse que nós não temos nome. Você não deve dizer nomes! — A menina gritou manifestando indignação. Parecia furiosa. Negava o seu passado. Aproximou-se de mim e acertou-me no rosto uma bofetada. O que aquele monstro estava fazendo com as crianças? Incitava o ódio e minava a humanidade delas. Maldito. Nem o conhecia, mas desejava acabar com ele.

— Não temos nome. Não temos nome! — Falavam juntas, dando força umas para as outras. Eu não sabia o que dizer ou como acalmá-las. Foi quando escutei um ranger de porta. Nesse momento, as crianças pararam de infernizar.

DUDA FALCÃO

Mantiveram um silêncio mortal. Olhavam na direção da porta que se abria sozinha. Vi o papel de parede, com desenhos geométricos, se deformar. Era algo vivo, movimentava-se para se aproximar de mim, parecia constituído de água, eu podia ver através daquilo. Não dava para definir sua composição. Sem dúvida, tratava-se de uma visão estranha, difícil de explicar. Em questão de segundos, alterou a sua forma, revelando-se. Entendi as palavras de Dentes de Ouro somente naquele instante. Ele me alertara que o *Abductor* era mestre em se camuflar. Eu não havia entendido, porém, em que nível se dava a sua arte.

— Padrinho! — disse uma das crianças.

— Silêêênciiio — sibilou a criatura. O garoto envergonhado baixou a cabeça e colocou o dedo indicador na boca, com visível medo no semblante.

O *Abductor* me causou horror quando o vi. Não consegui gritar diante de tal abominação da natureza. Tentei pensar naquela coisa como um animal apenas, uma coisa não catalogada, só assim eu conseguiria preservar minha lucidez. Certamente, a sanidade daquelas crianças, mesmo que escapassem das garras do sequestrador, nunca mais seria recuperada. Eu tentava encará-lo apenas como algum tipo de parente próximo dos ursos. Afinal, conforme Dentes de Ouro, esses animais demarcavam seu território dilacerando troncos de árvores com suas potentes garras.

Para ser sincera, não consegui convencer a mim mesma, não podia enganar os meus próprios olhos. A criatura não tinha nenhum parentesco com os ursos. Alguma semelhança, talvez, com os insetos. Sua cabeça era ovalada, olhos grandes, redondos e vermelhos, sem pupilas. A boca, não sei como descrever, parecia uma trompa, pronta para sugar o sangue humano. Não vi orelhas, mas certamente tinha algo que funcionava como

ABDUCTOR

ouvidos, pois escutava tudo muito bem. Possuía um tronco similar ao das formigas, um exoesqueleto, liso e escuro, negro como a noite. As pernas curvadas terminavam em um pé de três dedos grossos, os braços curtos levavam a mãos de aspecto firme, robustas e de cinco dedos com garras de constituição aparentemente afiada, com as quais marcava o *A* no local em que capturava seus prisioneiros.

Fechei os olhos durante um segundo para conter a vertigem que tomava conta da minha consciência. Ao abri-los, encontrei-o mais perto. Recuei como pude, mesmo presa à poltrona, evidenciando meu asco e medo incontido.

— Estás meee peerseguiiindo faz diiias, não ééé meeesmo? Eeeu a obseeervo. Teeenho raiiiva deee queeem meee peeerseegueee, sabiiia?

Fiquei quieta. Não tinha ideia do que dizer. Tive a impressão de que aquela conversa seria inútil. A coisa parecia dominar muito bem a linguagem. Porém, provavelmente, a trompa curta que tinha no lugar da boca a impedia de articular a fala da maneira correta.

— Teeens meeedo, não ééé? — A coisa tremeu, entendi que aquele gesto se assemelhava a uma risada. Em suas costas, debateram-se duas asas, idênticas às das baratas. Confesso que fui tomada de puro asco naquele momento. — Não gostas de conveeersar? Eeeu peeenseeei que queeeriiias meee eeencontrar.

Fiz força para libertar uma das minhas mãos presas às cordas. Por sorte, não haviam sido amarradas com tanta firmeza e minha mão machucada se livrou. A mordida de Júlia causou um ferimento profundo em minha pele, que fizera o sangue escorrer. Mesmo com a mão doendo, tentei acertar um murro naquela face hedionda. Não consegui bater como queria, em cheio, mas percebi que algo acontecia em meu favor. Eu roçara meu ferimento aberto na trompa do sequestrador. Lembrei-me do que dissera o feiticeiro: somente o sangue de crianças era doce para os *Abductors*. O sangue de adultos era veneno. Aquele conhecimento salvou minha pele.

O monstro se afastou por um instante e, sem que pudesse repreender minha nova investida, foi surpreendido pela minha engenhosidade. Mordi minha própria mão, no mesmo local em que já estava sangrando. O ferimento abriu ainda mais. Senti o gosto de sangue e o local ferido latejar. Doeu mesmo, mas era minha vida que estava em jogo. Em seguida, cuspi nos olhos da criatura antes que me atingisse com suas garras. O *Abductor* gemeu. Levou as mãos aos olhos para protegê-los. Percebi que pouco sangue era suficiente para exercer efeitos contra ele, assim como poucas gotas de qualquer veneno podem nos fazer mal.

De joelhos, a criatura começou a se afastar. Procurou a porta para fugir da minha presença. Eu era uma espécie de bomba ambulante contra meu inimigo. Porém, se explodisse, era sinal de que havia dado adeus à minha vida. Precisava ser cautelosa. Comecei a soltar o meu braço esquerdo das amarras. Para minha surpresa, uma das crianças pulou em cima do meu colo e me esbofeteou. Teve tempo de morder minha orelha, abrindo mais espaço para que meu sangue escorresse. Naquela ocasião, pensando bem, não era uma coisa assim tão ruim. Quanto mais sangue visível, maior a distância que o meu captor desejaria ter de mim. No entanto, não posso omitir que a dor sempre causa uma reação. Soquei a criança que me agredira, jogando-a longe. Ela caiu sobre outras duas que já se aprontavam para me atacar.

Quando consegui soltar o meu braço, ficou mais fácil me desvencilhar do restante das cordas que me prendiam. Bater no garoto fez com que as crianças se afastassem, indo se reunir em um canto daquela sala escura. Abraçavam-se, unidas.

ABDUCTOR

Finalmente demonstravam um pouco de medo e não aquela fisionomia de escárnio que mantinham desde que eu chegara.

Não vi mais o *Abductor*. O maldito havia fugido. Levantei-me da poltrona e, ao sair da sala, deparei-me com um corredor. Olhei para cima e percebi que faltavam muitas telhas na casa. Adiante havia uma porta fechada à direita e, em seguida, outra aberta que levava diretamente para o pátio. Deixando a casa, deparei-me com um mato alto e entulhos. Aquele terreno tinha todo o aspecto de estar abandonado.

Senti algo vibrar na minha jaqueta. Costumava deixar meu celular no modo silencioso. Atendi. Era meu informante. Sem explicar tudo o que gostaria, apenas pedi que enviasse imediatamente uma viatura para o endereço em que me encontrava. Eu havia localizado diversas crianças desaparecidas. Solicitei uma ambulância, pois elas não estavam em bom estado de saúde. Falei para que tivessem cuidado, pois o sequestrador podia estar por perto. A polícia, por incrível que pareça, chegou sem demora, apenas alguns minutos depois. Em seguida, encostou a ambulância com suas sirenes ligadas, fazendo o maior alarde.

Mais tarde, durante interrogatório na delegacia, falei sobre as iniciais do *Abductor* que acabaram me levando ao covil do sequestrador. É claro que não mencionei seu aspecto físico. Deduzi o óbvio: ninguém acreditaria. Disse que a sala estava muito escura e que não era possível identificar o sujeito. Menti relatando que quando ele entrou na sala em que me aprisionara, ao constatar que eu estava livre, simplesmente decidiu fugir. Sei que não fui muito convincente, mas não consegui pensar em nada melhor naquele momento. Foi mais difícil explicar por que as crianças me atacaram. Contei mais ou menos como as coisas haviam se desenrolado. Presumi que, de alguma maneira,

DUDA FALCÃO

depois de tanto tempo em cativeiro, as crianças haviam criado certos laços afetivos com o sequestrador. Todos aceitaram esse argumento.

Soube, no dia seguinte, por um contato, que as crianças mencionaram o padrinho e seu aspecto insectoide para os médicos. Os doutores apenas atribuíram seus relatos a fantasias pós-trauma. Uma construção ilusória, uma espécie de alucinação coletiva para esconder da consciência os maus-tratos que sofreram. No entanto, ninguém sabia responder o porquê de seus corpos apresentarem hematomas acompanhados de pequenas perfurações.

Na mesma semana do resgate, Rosana foi até o meu escritório. Agradeceu-me pelo empenho em encontrar a sua filhinha. Contou-me que Júlia estava ainda muito fraca, mas se recuperaria, conforme o diagnóstico dos médicos. Ficou pouco tempo, pois tinha de voltar para o hospital para cuidar da menina.

Decidi fazer uma visita. Fui ao terreiro de Dentes de Ouro, precisava relatar minha história para alguém. Só assim não me sentiria a ponto de enlouquecer, guardando somente para mim uma vivência tão bizarra como aquela.

O feiticeiro me recebeu com o sorriso de ouro estampado na face. Já sabia que eu encontrara as crianças e me parabenizou pela minha coragem. Nessa nova conversa, a companheira dele participou. Tomamos um chá que ela mencionou ter colhido do próprio quintal.

Contei para os dois, que me ouviam atentamente, como era o aspecto físico da criatura e como o meu sangue a intoxicara. Sentia-me vitoriosa. No entanto, algo ainda me incomodava. Tive de confessar um dos medos que povoavam a minha mente:

— Consegui salvar as crianças... E quanto ao *Abductor*?

ABDUCTOR

Acredito que ele possa retornar a qualquer momento. Não podemos vê-lo, a menos que ele se mostre. Sua camuflagem é quase perfeita. Tenho a sensação de que me observa lá do alto. O maldito certamente voa com aquelas asas horrendas.

— Tente se tranquilizar — disse Dentes de Ouro. — O sequestrador é como um animal. O que acontece com um urso, um leão ou qualquer outra criatura da natureza quando marca um território e é suplantada por outro concorrente?

— Não sei — respondi na esperança de obter uma resposta favorável à minha situação de paranoia contínua. — Não sou concorrente dele.

— Não é concorrente, mas se tornou uma ameaça. Tenho certeza de que seu inimigo fugiu. E não voltará mais. Ficará bem distante do último covil e de você.

— Isso significa que ele caçará em outro lugar?

— Infelizmente!

Aquela resposta não era o que eu desejava ouvir. Se por um lado eu tivera sucesso em resgatar as crianças, por outro significava que o *Abductor* continuaria sobrevivendo do sangue doce de outros inocentes, em outros territórios. O mal continuaria solto.

In: Crimes Fantásticos. Porto Alegre: Argonautas, 2017.

GEOMETRIA DAS ESTRELAS

OS PAVIOS DAS VELAS QUEIMAVAM. Um servo espalhara dezenas delas pelo salão. Outro lacaio, também inferior na ordem, fora encarregado de trazer os frascos ritualísticos com o sangue do leitão abatido. Os guinchos de dor do animal ainda ecoavam em meus ouvidos. Mas não existia clemência de nossa parte. Eu estava eufórico. Assim como os outros, tínhamos fé de que o nosso propósito seria alcançado naquela noite.

O cheiro de cera derretendo recendia por todo o ambiente, misturado a um odor de terra úmida que vinha da rua. Os primeiros pingos de chuva já deviam estar se aproximando. Uma tempestade de proporções nunca registradas em nossa região se avolumava de maneira perigosa, de acordo com os últimos noticiários. Nós sabíamos o porquê. Era chegada a hora. Estávamos no olho do furacão e não podíamos arredar pé. Não seríamos abandonados por aquele que vem das trevas, do cosmos profundo.

A energia elétrica fora cortada, diziam as autoridades que por prevenção. O sinal de *Wi-Fi* não chegava até nós, pois os satélites não identificavam nossa cidade cercada pelas nuvens escuras e pela fúria dos ventos. Uma estática angustiante impedia-nos de escutar qualquer estação de rádio. O que acontecia nada mais era do que um indício de que obteríamos sucesso.

Com todo o tipo de comunicação interrompida, quando o nosso plano fosse concretizado, não haveria tempo para que alguém pudesse nos impedir. Estávamos em uma antiga e decrépita casa de um bairro nobre. Ninguém suspeitava das nossas reuniões esporádicas. Éramos dezoito almas perdidas desejando uma nova existência. Ovelhas rebeldes que não se interessavam pelas novas religiões monoteístas. Qualquer cristão nos chamaria de hereges se soubesse das nossas lamúrias profanas. Nossos inimigos tentariam manipular as leis laicas para institucionalizar, mais uma vez, fogueiras e forcas, a fim de nos executar em praça pública.

Para aquele momento especial, vestíamos trajes de acordo com o que nossa tradição ditava. Mantos negros de cetim nos cobriam dos pés à cabeça, tocavam com suavidade a pele, dando uma sensação de conforto. As linhas amarelas, bordadas nas extremidades, pareciam ouro, conferindo à vestimenta um ar de nobreza. Todas as peças ostentavam três letras costuradas no peito: GSC. Nós compreendíamos o significado e já nos bastava.

Um pouco de sangue havia espirrado na manga do meu manto, enquanto realizava o serviço de cortar a garganta do suíno no amplo porão da casa. Mas isso não diminuía o brilho daquele momento, pelo contrário, mostrava minha capacidade de me dedicar ao grupo e à causa. Os mais novos ainda sentiam um pouco de receio em lidar com sacrifícios.

Lá fora, não se ouvia nada. Um silêncio sepulcral habitava o olho do furacão. Em seu centro, o tempo parecia não existir. O caos nos circundava, tão próximo quanto uma besta pronta para atacar. O calor quase insuportável fazia o suor escorrer pelos nossos corpos nus sob os mantos. As ruas desertas e caladas sabiam do nosso conluio sobrenatural com o tenebroso. Não dava para escutar nenhum cão vadio ganindo, nenhuma roda de veículo girando sobre o asfalto, nenhum galho de árvore se movendo, nenhum mísero sinal de brisa.

Logo a falsa sensação de tempo suspenso terminaria. A opressão daria lugar aos ventos selvagens e à chuva volumosa. Confiantes, mesmo cientes do risco, entendíamos que a tarefa seria concluída com êxito. Ao chegar, o senhor do espaço profundo nos tornaria imortais, sua dádiva das trevas faria de nós semideuses.

Todos voltaram sua atenção para a porta que conectava uma escadaria ao porão de nossas atividades mais profanas. Ao escutarmos o ranger das dobradiças sem óleo sendo movimentadas, vimos o magnânimo grão-vizir acompanhado de seu jovem assistente. O velho sacerdote carregava um lampião na mão esquerda. Com a direita, se apoiava em um retorcido cajado. O peso de uma idade desconhecida cultivara uma imensa corcunda. O aprendiz que o acompanhava trazia uma caixa grande de madeira de lei encerada que guardava nossa máxima relíquia. A maioria do grupo a veria pela primeira vez. Mesmo sem conhecê-la, sabíamos de sua história pregressa e maléfica. Eu podia sentir uma ansiedade latente nas expressões dos meus irmãos, iluminadas pela luz doentia e bruxuleante que dominava o recinto.

O rosto enrugado e pálido do mestre da palavra cósmica apresentava cânions profundos. Os diminutos olhos quase se escondiam entre as dobras das pálpebras. O queixo pontudo e quadrado concedia um ar de bruxo ancestral. Ele aparecia exclusivamente nas horas noturnas, pois a pele não suportava qualquer raio de sol.

Sem demora, cedemos espaço para a passagem do grão-vizir e seu pupilo. No tampo da ampla mesa de jacarandá, que já presenciara diversos sacrifícios nos tempos de glória, a caixa

GEOMETRIA DAS ESTRELAS

dominada por mofo foi acomodada. Ao lado, o ancião depositou o lampião e depois abriu o relicário. Sentimos um cheiro quase insuportável de podridão marítima, de carcaças de peixes e algas marinhas. Ele, no entanto, respirou o ar empestado como um bálsamo.

Do interior da caixa, pegou a relíquia e a levantou com dificuldade para que todos pudéssemos vê-la. Então, curvamo-nos em reverência e nos afastamos para que o grão-vizir colocasse o indescritível crânio sobre o parquê. Nós, irmãos de culto, conhecíamos o número hermético que revelava a posição exata em que se encontrava o planeta natal do nosso deus, graças à disposição dos tacos retangulares de madeira do piso. Em conjunto, representavam um desenho de diversas estrelas de oito pontas que, dispostas em intervalos regulares, indicavam uma coordenada astronômica. Para abrir a porta transdimensional, precisávamos da relíquia alienígena que tínhamos em mãos, das coordenadas e do alinhamento correto de certos astros. A hora se aproximava.

Todos levantaram os frascos com o sangue misturado a uma especiaria do oriente. Brindamos e gritamos o nome daquele que em breve estaria conosco. O mestre conduziu o nosso juramento e, em uníssono, repetimos suas frases nefastas e catastróficas. Em um ponto da galáxia, sabíamos que finalmente as estrelas se encontrariam para, como uma chave cósmica, abrir o portal. Naquela noite, nosso chamado seria ouvido.

O piso, que fora criado a partir dos conhecimentos de um arquiteto anônimo, começou a ondular como se estivesse vivo. Tínhamos a impressão de que os tacos de madeira se fundiam em um símbolo cheio de curvas, pontos, círculos e linhas. A tensão, o espanto e até mesmo a loucura começaram a tomar conta de todos, pois presenciávamos algo ímpar. Uns choraram, outros riram, insanos por presenciar tal visão. Diante de nossas retinas, o crânio adorado ganhava vida e, com o seu esgar, arremedo de humanidade, caçoava de nós envolto em um cenário fantasmagórico, de outro mundo.

Contudo, a atenção de alguns, inclusive eu, fora desviada para a tempestade. Aquela falsa calmaria que antecipava o furacão chegara ao fim. O olho não estava mais sobre a casa. Talvez já tivesse visto tudo o que tinha para ver. A natureza agiu, então, para nos varrer da face da Terra.

Os ventos violentos e velozes assobiaram em alto som. Vimos as janelas fechadas tremendo como se uma turba estivesse batendo para entrar. As primeiras telhas foram arrastadas pela ventania. Alguns de sangue menos frio gritaram. A chuva gelada começou a nos molhar e a nos retirar do transe em que nos encontrávamos. Com parte do teto arrancado, podíamos ver a tormenta no céu em toda a sua plenitude e selvageria. Uma das telhas caiu em cheio sobre o lampião, derrubando-o sobre o manto de um dos irmãos. Mais veloz do que os pingos de chuva que invadiam a casa, o fogo se alastrou pela roupa e pela pele do cultista.

Em seguida, uma viga desabou entre o ombro e o pescoço do grão-vizir. Ele tombou, com o pescoço quebrado, em uma torção desagradável de se ver. Seus olhos esturricados pela dor e pela surpresa indicavam que a vida o abandonara. O vento furioso conseguiu abrir as janelas de madeira, os vidros não resistiram e estouraram como se uma bomba tivesse sido jogada na lateral da casa. Os estilhaços, feito pontas de flechas assassinas, voaram contra alguns dos irmãos, acertando-os no rosto e nos olhos. Aqueles que conseguiram se defender levantaram as mãos, sentindo o golpe agudo penetrar em suas palmas. Olhos vazados, faces deformadas, bocas escancaradas

GEOMETRIA DAS ESTRELAS

em um frêmito de horror berravam, acompanhando o caos instaurado pela impiedosa natureza que nos atacava.

Sem que pudéssemos evitar, os braços de ventos gelados de um redemoinho, que eu apostaria ser de cunho sobrenatural, carregaram nossa mais preciosa relíquia. O crânio rodopiou no ar, roubado, sendo levado para o alto, desapareceu pelo enorme vão do teto que desabara. A chuva continuou nos castigando com força. Saí o mais rápido que pude, com três irmãos que não foram atingidos, pela porta com a tranca arrebentada. Olhei para o alto na esperança de ver onde fora parar nosso objeto de idolatria. Não o vi. Sumira por completo, talvez entre as nuvens escuras que zombavam da nossa fé.

Na rua, árvores estavam caídas, de um hidrante jorrava água aos borbotões, um automóvel tinha sido arrastado até a calçada e, nas casas mais próximas, enxergávamos estragos em janelas e telhados. Relâmpagos e trovões passaram sobre nós como testemunhas da ação blasfema que pretendíamos realizar. A essa altura, as estrelas já haviam se desalinhado no céu. Nosso momento de glória não poderia mais ser alcançado em minha geração.

Desesperados, sem nosso líder e sem nosso objeto de culto, sentimo-nos órfãos, desamparados e desorganizados. A corriqueira arrogância que construía nossas personalidades ruíra. Cada um tentou se reerguer como pôde. Além do grão-vizir, dois irmãos morreram naquela noite. Ainda éramos em número suficiente para continuar. Porém, a dúvida surgiu entre nós. Era como se a natureza tivesse sido manipulada, utilizada para roubar nosso bem mais precioso. Estariam outras forças envolvidas naquela luta? Pressentíamos que inimigos, mesmo que não os identificássemos, tinham pousado seus olhos de eterna vigília atrás de nossos ombros.

DUDA FALCÃO

Enfim nos separamos. Não trocamos mensagens, mudamos de cidade e nos dispersamos. Nunca em nossa região acontecera um furacão daquela escala tão destrutiva, publicaram os jornais do país. Especialistas discutiram se tudo não estava relacionado à depredação que a humanidade infligia ao planeta Terra. Mas, no fundo, nós não ignorávamos a verdade.

Fui o único a não abandonar os propósitos do antigo mestre. Continuo investindo cada centavo do meu patrimônio para encontrar o crânio e estou construindo uma casa, mais resistente, repleta dos mesmos símbolos intrincados que poderão abrir a tão sonhada porta para as estrelas. Não desistirei. Proporcionarei para os meus filhos uma nova oportunidade. No futuro, eles estarão mais preparados do que eu.

In: Confinados – Contos de uma noite de terror.
São Paulo: Monomito, 2018..

NECROCHORUME

Para meu pai, que me contou uma extraordinária história de pescaria de sua infância, e minha esposa amada, que é uma ambientalista incansável.

Uilian dirigia a antiga picape Ford F-100 em marcha lenta, enquanto passavam pela principal rua do vilarejo. A estrada era de paralelepípedos. Não havia mudado quase nada desde a última vez que estivera por lá. Isso já fazia mais de trinta anos. Ele beirava os cinquenta de idade e se lembrava do lugar de maneira nostálgica.

Talvez a principal mudança fosse o envelhecimento das habitações. Pareciam ter parado no tempo, como se ainda estivessem na década de oitenta. Uilian não viu nenhuma pessoa caminhando na rua, avistou ao longe apenas um cão sarnento, que se embrenhou no meio do lixo acumulado em uma esquina, à procura de comida. Eram sete da manhã de um sábado. Provavelmente, todos ainda dormiam, descansando de uma semana árdua de trabalho. Pelo que sabia, a economia local se sustentava na agricultura, em especial as plantações de arroz.

— O que está achando, Rudi? — Uilian perguntou para o filho, que pestanejava de sono. Tinham deixado um hotel de beira de estrada antes das seis da matina.

— Estranho. Não tem ninguém.

— Não é só você que quer dormir até o meio-dia, garoto. Ainda é cedo.

Durante o trajeto, além de passar por casas malcuidadas, com a grama alta, portões enferrujados e pinturas descascando, avistaram uma ferragem, um minimercado e uma delegacia no final da rua, que parecia, à primeira vista, o único estabelecimento aberto. Dava para ver o seu interior: um balcão e umas cadeiras estofadas encostadas na parede. Não se via qualquer movimento lá dentro. Diante dela, um carro de polícia estacionado. Sem dúvida, as autoridades àquele horário não tinham nenhum tipo de trabalho para realizar. O máximo que deviam fazer, pensou Uilian, exprimindo um meio sorriso em sua face, era apartar alguma briga de marido e mulher. Havia pouco se separara da segunda esposa.

Ao passar a delegacia, a rua se transformou em uma estrada de chão empoeirada. O motorista logo engatou uma marcha mais forte para subir um longo aclive. A estrada passava por árvores pouco frondosas e de folhas amareladas que se sobressaíam entre as verdes. O início de julho chegara trazendo um inverno intenso. Chegando ao topo, do lado direito, avistou o rio e, do lado esquerdo, uma mansão envelhecida. Muitos carros estavam estacionados ali e algumas pessoas conversavam fora dos seus veículos. Uma placa de madeira indicava se tratar de uma funerária. Ao lado da antiga casa havia um cemitério, e mais adiante se avistava uma pequena igreja de pedra. A maior parte das pessoas e dos carros se concentrava em seu pátio.

— Enfim descobrimos onde estão as pessoas da cidade. Vieram para a missa. Abana para eles, filho!

— Pra quê?

DUDA FALCÃO

— No interior, as pessoas são educadas com quem vem de fora. Faça como eu.

Uilian acenou e abriu um sorriso para alguns moradores do vilarejo que estavam mais próximos da estrada. O grupo formado por quatro pessoas, dois idosos, um homem maduro e uma adolescente, vestidos com roupas escuras, casacos pesados e chapéus, encarou sério, sem dar resposta. Suas peles eram brancas, pálidas como giz, olhos escuros e olheiras profundas. Os corpos esquálidos.

— Parece que eles não são muito educados, hein, pai?

Sem jeito, Uilian demorou um pouco para dar resposta ao filho.

— Não os julgue tão rápido. Nem todo mundo é igual.

Uilian continuou dirigindo. Pelo retrovisor, observou os olhares daqueles que ainda não tinham entrado na igreja pousando sobre ele e o filho. A torre da edificação religiosa ostentava um sino de bronze de porte médio. As paredes estavam carregadas de musgo e umidade. Nenhum dos dois se sentiu à vontade com aquele tipo de gente estranha os investigando. A Ford F-100 começou a descer o outro lado do morro, afastando-se daquele grupo peculiar de pessoas. Rodaram menos de quinhentos metros e logo se aproximaram de uma ponte, mas Uilian não a atravessou, entrou em uma trilha à esquerda que acompanhava o trajeto do rio.

— É aqui. — Uilian estacionou sobre a relva alta.

A picape da década de setenta agradeceu pelo descanso. O estado atual em que se encontrava não era animador. Talvez ainda rendesse um bom dinheiro para algum restaurador capaz de pintar, dar um trato na lataria e ajustar o motor, que vivia engasgando. Em alguns pontos, a pintura original, um vermelho fosco, podia ser vista embaixo de um azul escuro, as calotas já

NECROCHORUME

não eram mais as de fábrica e os pneus estavam quase carecas. Contudo, o motorista não se desfazia da "lata velha", expressão que sua ex-esposa utilizava para identificar o carro.

— Livres como pássaros! — falou para o filho que o acompanhava.

O menino abriu a porta e desceu. Uilian fez o mesmo. Os dois foram para a frente do carro com a intenção de olhar o rio mais de perto. Naquele local, o pai sabia que as águas eram rasas e a correnteza, amena. A largura não atingia dez metros de uma margem à outra.

Uilian ainda se lembrava da última vez que estivera por lá. Fazia muitos anos, naquele mesmo lugar, acampara com a sua primeira namorada. Achou que o aspecto do rio era mais saudável no passado. Dos dois lados, o terreno irregular, formado por morros altos, estava tomado por uma grama amarelada, baixa e rala. Acima da terra umedecida, havia árvores raquíticas, de folhas escurecidas e galhos secos. Do lado em que estavam, ficava a trilha que os trouxera próximos daquele ponto.

— E então, o que achou?

— Parece meio sujo. Olha lá, pai. No meio do rio, tem um galho de árvore caído e um saco de plástico preso nele.

— Nada que não seja normal. Não conheço mais nenhum lugar que não tenha lixo. Se os peixes fisgarem nosso anzol, está tudo bem.

— Isso se tiver peixe nesse rio. Tem cheiro de esgoto.

— Tem nada.

— Você está resfriado.

— Rudi... Escuta, meu filho... — Uilian se aproximou do garoto, tocando no ombro dele. — Eu quero que a gente comece a se dar bem. Só porque eu e sua mãe não estamos mais vivendo juntos, não significa que eu não queira ficar com você.

DUDA FALCÃO

Vamos nos divertir, certo?

Rudimar tinha feito recentemente onze anos de idade. Ainda era difícil para ele encarar a separação dos pais. Achava-se culpado por não ser capaz de unir os dois. Sempre tendia ao pensamento de que ele era o problema, o motivo da ruptura do casal. Depois de um suspiro, respondeu:

— Aqui é muito bonito, pai — mentiu. O lugar tinha um ar impregnado de morte. Cheirava a mofo como o quarto do avô que morrera alguns meses antes, devido a um violento câncer.

— É assim que eu gosto de ver! Me ajuda aqui, primeiro vamos montar a barraca!

Pai e filho montaram uma pequena barraca de dois lugares. Amarraram uma lona sob três árvores dispostas em triângulo. Embaixo dela, colocaram duas banquetas de madeira portáteis e o material de pesca. Ao lado, juntaram pedras de tamanhos médios, que dispuseram em círculo, para criar uma fogueira. Juntos, procuraram por lenha seca, gravetos pequenos e tocos maiores, que Uilian cortou com uma machadinha. Depois que terminou, a cravou no tronco de uma das árvores.

O sol esmaecido de inverno já alcançara o seu ápice.

— Acho que a pescaria vai ficar para depois do almoço. Concorda? — perguntou Uilian.

— Meu estômago tá roncando. — Rudimar esfregou a própria barriga, tentando dar maior ênfase à resposta.

Uilian deixou que Rudimar acendesse a primeira chama da fogueira. Em seguida, pediu para que o garoto enchesse de água a maior panela. O menino foi até a beira do rio. Tinha aprendido na escola que o elemento conhecido como H_2O deveria ser incolor, insípido e inodoro. Sentiu um cheiro ruim. Havia um pouco de cor naquela água. Uma *nuance* sutil que

NECROCHORUME

lembrava a coloração do cobre. Mesmo pensando que beberiam algo poluído, preferiu ficar em silêncio. Não queria discutir com o pai. Queria que o pai permanecesse satisfeito com ele.

Rudimar depositou a panela sobre o fogo. Depois que a água ferveu, seu pai acrescentou o macarrão. Em outra panela, fritou um pouco de cebola e tomate picado para fazer um molho. Quando ficou tudo pronto, misturaram o molho à massa e polvilharam muito queijo parmesão por cima. Os dois esfomeados limparam a panela.

O menino foi para a barraca dormir um pouco e o pai amarrou uma rede entre duas árvores. Descansou um sono tranquilo. Quando Uilian acordou, viu Rudimar agachado, próximo ao rio, com um graveto nas mãos tocando em alguma coisa. Aproximando-se, pôde enxergar um passarinho morto.

— O que aconteceu com ele? — perguntou Rudimar para o pai, que agora se agachava ao seu lado para observar.

— Não sei, filho. Parece petróleo. Melhor não tocar.

O passarinho estava coberto por uma viscosidade negra e pegajosa. Com dois gravetos, Uilian equilibrou o animal, para em seguida jogá-lo no rio, em um ponto distante do qual estavam.

— Bom... Já está mais do que na hora de fazer o que viemos fazer, não é mesmo?

— Pescar? — Rudimar preferia jogar videogame, mas agradaria o pai desta vez.

— É lógico, meu bom amigo! — disse Uilian animado.

Os dois pegaram suas varas de pescar, as iscas e baldes. Caminharam um quilômetro rio acima. Sentaram-se embaixo de duas árvores que forneciam pouca sombra. Naquele ponto, o rio parecia correr um pouco mais forte. Lançaram seus anzóis nas águas escuras na expectativa de que algum peixe os fisgasse.

DUDA FALCÃO

Mais de hora passou, permaneciam em silêncio, assim como a natureza do lugar. Não ouviam passarinhos e raramente algum inseto passava zunindo próximo a eles. O sol, durante o inverno, começava a se despedir por volta das dezoito horas. Não tinham muito tempo de luz natural. Voltaram pelo mesmo caminho, chegaram ao acampamento e seguiram até a ponte.

Sobre a ponte, enxergavam a pequena torre da igreja e o sino. Viam também o telhado da funerária, mas não avistavam o cemitério que ficava entre as duas construções. Lançaram suas linhas nas águas e pacientemente aguardaram. Depois de algum tempo, quando já não esperavam, o anzol da vara de pescar de Rudi foi puxado. O menino fez força para trazer o peixe para fora da água, mas não obteve sucesso. O animal aquático devia ser grande, viram uma sombra dentro do rio se debatendo. A vara não aguentou o peso e quebrou. A sombra se afastou indo para o fundo.

— Quase... Quase! — esbravejou Uilian. — Não se deixe abater, filho. Esse era dos grandes mesmo! O próximo você pega.

— Como? — Rudi perguntou desanimado. — A vara quebrou.

— Não se preocupe com isso. Deve ter alguma loja que venda itens de pesca no vilarejo. Veremos isso amanhã de manhã. Olha lá! — Uilian apontou para um rabecão que vinha do outro lado do rio, se aproximando da ponte.

Quando o carro fúnebre se aproximou, Uilian fez sinal para que parasse. O motorista estacionou ao lado deles sem desligar o motor e baixou o vidro do carona. Um homem com mais ou menos sessenta anos dirigia. Seus cabelos eram longos e brancos, a pele pálida e os olhos azuis. As mãos magras repousavam sobre o volante. Ao seu lado, uma menina albina,

NECROCHORUME

com a pupila dos olhos brancos, parecia ser cega. Rudi se encostou no carro, colocando uma das mãos na porta. Atrás dos bancos do motorista e do carona, pôde ver um caixão lustroso e uma cadeira de rodas portátil dobrada. Apesar da estranheza da menina, Rudi a achou bonita, contrastava com a cor negra de sua própria pele. Sobre as pernas, ela usava um cobertor para se proteger do frio, que começava a ficar mais intenso com a proximidade da noite.

— Olá, amigo! — disse Uilian, abaixando-se para ficar na altura da janela. — Desculpe interromper sua viagem. Estamos acampando próximos daqui. — Uilian apontou para o local onde estavam. — Viemos pescar e a vara do meu garoto quebrou. Sabe se ali no vilarejo tem algum local em que possamos comprar uma nova?

— Na ferragem você vai encontrar — disse o homem em tom monocórdico.

Rudi olhava encantado para a menina, que devia ter mais ou menos a sua idade. Em um primeiro momento de observação, acreditou que ela fosse incapaz de enxergar. No entanto, sua opinião se desfez quando aqueles olhos aquosos e brancos o fitaram, invadindo as suas memórias. A garota tocou na mão de Rudi que repousava sobre a porta do carro. O menino sentiu um calafrio que arrepiou toda a sua espinha. Tentou se afastar, sem sucesso. Era como se estivesse preso a ela.

O motorista viu que a menina tocara o garoto e começou a subir o vidro automático sem dar mais atenção aos dois forasteiros. A conexão foi interrompida, Rudi teve a impressão de que um cubo de gelo congelara a sua alma.

— Que pressa, hein! Obrigado assim mesmo — resmungou Uilian após a partida brusca do motorista, que nem mesmo se despediu.

DUDA FALCÃO

Uilian apanhou a vara que restava e pediu que Rudi carregasse os baldes vazios. O filho fez como o pai solicitou, sem dizer nada. Aquele toque fizera com que se sentisse estranho. Talvez estivesse ficando doente, resfriado. Estava com muito frio. O sol já sumia no horizonte, dando um aspecto mais sombrio às margens do rio.

De volta ao acampamento, Uilian não desistiria de pegar um peixe. O pai aconselhou o filho a se agasalhar com o casaco e ler um livro enquanto ele tentava pescar o jantar. Mais de uma hora depois, finalmente conseguiu puxar da água um lambari. Fez uma festa. Disse que aquele era um bom sinal, logo pegaria outro. Rudimar limitou-se a um meio sorriso, sentia-se fraco. Podia ver a lua minguante no céu carregado de nuvens e algumas estrelas tímidas vagando solitárias no firmamento.

Uilian conseguiu pescar mais três peixes. Todos tinham uma viscosidade negra nas escamas, que ele esfregou no balde com água do próprio rio. Depois, tirou as escamas e limpou os peixes para fazê-los fritos. Rudi cuidava da fogueira, mantendo-a acesa. O menino alertou o pai dizendo que os peixes não estavam com cheiro muito bom. Uilian não deu atenção, suas narinas fechadas não se importavam com o que o filho tinha para dizer. Estava disposto a comer qualquer coisa que fosse pescada naquele rio que lhe trazia boas recordações.

Antes que começassem a comer, Uilian percebeu que o filho tremia. Colocou a mão sobre a sua testa e achou que talvez estivesse com febre. Deu um analgésico para Rudimar, prometendo que, se ele não melhorasse, na manhã seguinte, voltariam para casa. Colocou um cobertor sobre os ombros do menino.

Rudi comeu apenas um pedaço do peixe, alegando que não estava com fome, mas não era verdade. Achou que estava

NECROCHORUME

com gosto ruim, apenas não quis frustrar o pai. Já Uilian comeu sem dar o braço a torcer, disse muitas vezes que aquela era a melhor refeição que poderiam ter em qualquer lugar do planeta. Repetia que estavam entrando em comunhão com a natureza e que deviam aproveitar aquele momento ao máximo.

Rudimar foi dormir, não estava se sentindo bem. Uilian, por sua vez, bebeu umas latinhas deitado na rede, admirando o lugar quase na escuridão plena. Decidiu ir para a barraca tarde da noite. No meio da madrugada, Uilian foi acordado pelo filho dizendo que precisava sair para urinar.

— Leva a lanterna. Não precisa ir longe.

Uilian adormeceu novamente. Acordou com dor de cabeça e com o estômago doendo. Olhou para o seu lado e não encontrou o filho. O fecho duplo da barraca continuava aberto desde que Rudi saíra. O pai deixou o abrigo preocupado. A visibilidade era baixa. Um nevoeiro havia tomado conta da vegetação rasteira.

— Rudi! — Uilian chamou uma vez, depois chamou outra. Nada do filho responder.

O pai viu a lanterna caída não muito longe da barraca. O coração acelerou. Onde o filho estaria? Gritou a plenos pulmões o nome do menino. Pegou a lanterna, procurou na beira do rio e nas imediações da barraca. Nenhum sinal. Abriu o carro e, no porta-luvas, encontrou o celular. O telefone estava sem bateria. Amaldiçoou a si mesmo por odiar celulares e redes sociais. Logo se lembrou da delegacia que ficava no vilarejo. Precisava pedir ajuda. Tinha de ficar calmo naquela hora. Sentou no banco do motorista e girou a chave na ignição. A Ford estava mais fria do que uma carcaça. O motor embestou em não funcionar. Saiu do carro e gritou outra vez pelo nome do filho. Começou a imaginar o pior. Talvez ele tivesse caído no rio. Foi uma vez mais

DUDA FALCÃO

até a margem. Não, não era isso. Talvez tivesse sido sequestrado. Se fosse isso... Viu cravada numa das árvores a machadinha que havia trazido para cortar lenha. Pegou a arma caso fosse necessário se defender de alguém. Como não havia sinal algum do filho, começou a correr morro acima. Podia conseguir alguma ajuda daquele estranho agente funerário com quem conversara mais cedo.

Uilian se aventurou sem botas por aquele terreno pedregoso e de raras gramíneas. De vez em quando, percebia as pedras mais pontudas atravessando as grossas meias. Saíra sem casaco e já podia experimentar o frio congelando os seus ossos. A adrenalina, porém, o mantinha ainda em jogo. Primeiro avistou a igreja, depois o cemitério e a mansão que servia de funerária. De meias, escorregou. Quase caiu de joelhos, mas se apoiou com uma das mãos no terreno, antes de se esborrachar. Neste mesmo instante, uma forte fisgada trespassou a sua barriga. Gemeu de dor e regurgitou uma massa negra no chão, com um pouco de sangue. Limpou a sujeira da boca com a manga da camiseta e levantou. Não era hora para sentir dor. Sabia que, de alguma maneira, a vida do filho dependia dele.

Próximo à funerária, viu uma luz fraca de um aposento do andar térreo ser desligada. Em seguida, fecharam a cortina. Será que alguém o tinha visto e escutado os seus gritos junto ao rio? Correu mais rápido. Passou pelo carro da funerária estacionado no terreno e avistou as chaves penduradas no retrovisor. Sem dúvida, aquele era um lugar seguro. Roubos deviam ser incomuns. Então, por que alguém sequestraria o filho dele? Tentava pensar racionalmente, mas não estava conseguindo.

Uilian bateu, com toda a força, à porta de entrada da casa. O silêncio era absoluto. Foi quando escutou um pedido de socorro quase inaudível. Vinha de dentro da casa. Era a voz

NECROCHORUME

de Rudi, só podia ser. Bateu mais uma vez e ordenou que a porta fosse aberta. Lá dentro parecia uma tumba, o silêncio continuava sepulcral. Amava o menino. Era tudo o que tinha de bom naquela vida. Escutou de novo um grito abafado. Não teve dúvida de que o seu filho implorava por ajuda. Sem hesitar, Uilian golpeou a porta com a machadinha. As primeiras lascas voaram. Depois golpeou mais uma, duas, três vezes, até que pudesse empurrar a tábua e invadir o buraco com a sua mão. Do outro lado da fechadura, repousava incólume a chave, que ele girou abrindo a porta.

— Tem alguém em casa? — Uilian perguntou furioso enquanto invadia a residência.

A entrada era um corredor que levava a uma escada, duas portas fechadas à direita e mais duas à esquerda. Pôde ver também uma porta ao fundo. Nas paredes, havia retratos antigos. Caminhou sobre um tapete vermelho e fofo até a segunda porta da direita. Uilian calculou que atrás daquela porta encontraria a pessoa que apagara a luz e fechara a cortina quando ele se aproximava.

Testou o trinco redondo da porta, que se abriu. Com a lanterna, investigou os recantos. Era um quarto de menina, com bonecas em estantes, uma penteadeira, um guarda-roupa e uma cama. No centro do quarto, a luz circular incidia sobre a cama. Nela estava sentada, envolta por cobertores, a menina albina, com os olhos abertos e vívidos. Ao seu lado, sentado sobre as quatro patas, um cão negro rosnava baixinho. A menina o segurava por uma coleira.

— Onde está meu filho?

A albina não respondeu, apenas soltou a coleira do cão e o empurrou na direção de Uilian. Rosnando, o animal pulou sobre o inimigo, tentando morder a sua garganta. Os

DUDA FALCÃO

dois caíram e rolaram no chão. Uilian deixou a machadinha e a lanterna escaparem de suas mãos. O invasor conseguiu, em tempo, agarrar o canídeo pelo pescoço antes que pudesse feri-lo com os afiados dentes. A baba da criatura escorria, como se estivesse com raiva. Em seus olhos, uma sombra negra e viva se movimentava como um parasita. O pelo alto falhava em alguns pontos, com feridas pútridas que causavam repugnância.

Uilian socou o focinho do animal raivoso e conseguiu afastá-lo. Arrastou-se até a machadinha. O cão recobrou-se do golpe e o mordeu de forma feroz na coxa esquerda. Uilian berrou de dor e se virou de maneira contundente para acertar a cabeça do bicho. Ouviu-se o barulho do crânio rachando quando a lâmina se encaixou na fresta aberta do osso. A pressão da forte mandíbula diminuiu. O cão morrera com o golpe preciso. Com a perna queimando de dor, Uilian se esforçou para levantar.

A menina parecia espantada, com medo de Uilian. Ele se aproximou.

— Vamos... Agora me diga... Onde está meu filho?

— Meu pai o levou para baixo.

— Para baixo da onde?

— Você vai encontrá-lo se entrar na porta debaixo da escada. — Ela apontou para fora do quarto.

— Você vem comigo. Eu te carrego. — Uilian, ao ver a cadeira de rodas ao lado da cama, supôs que a menina tinha algum problema físico que a impossibilitava caminhar.

Uilian pegou no colo a menina, que começou a gritar e a esbravejar. Ela o arranhou no rosto. Foi quando sentiu o toque gelado. Queimava como cubos de gelo em contato com a pele. Mas isso não teria sido suficiente para largá-la... O horror percorreu a alma do homem quando o cobertor que a protegia escorregou de suas pernas... Mesmo no escuro, pôde ver, sem

NECROCHORUME

acreditar. No lugar das pernas, existiam inúmeros tentáculos que se movimentavam e se entrelaçavam como vermes. Uilian jogou a menina monstro de volta sobre a cama, afastando-se com enorme repulsa. Ao sair do quarto, fechou a porta, com o coração aos pulos. *O que era aquilo, meu Deus?*

Antes que pudesse enlouquecer diante daquelas visões do inferno, abriu a porta debaixo da escada. Uma escadaria levava para baixo. Acionou o interruptor. Sentiu algo frio na ponta dos dedos. Havia algo pegajoso e escuro por toda a parede, parecia escorrer como umidade do teto. Mesmo apreensivo, Uilian seguiria em frente sem a lanterna e o machado. Não voltaria para buscar os objetos que perdera no combate com o cão. No final da escadaria, havia outra porta. Começou a descer com dificuldade. A perna ferida o incomodava. Talvez a coisa no quarto tivesse dito a verdade. Talvez Rudimar estivesse lá embaixo. Precisava tentar.

Entrou em um novo corredor. Era um corredor com paredes de pedra. Fios de eletricidade percorriam a extensão da casa abaixo do assoalho, mas não havia nenhuma lâmpada ali. A luminosidade ficara comprometida, mesmo assim, Uilian seguiu adiante e abriu a porta. Deparou-se com uma espécie de laboratório. Havia luz artificial ligada que iluminava mais ou menos o ambiente. Rudimar jazia inconsciente, deitado em uma cama de hospital. Em seus braços, agulhas estavam espetadas e conectadas em canos de plástico que bombeavam um estranho líquido, depositado em bolsas transparentes, para o seu corpo. Alguns pontos do teto eram sustentados por madeira e vigas. Porém, em alguns locais, viam-se raízes e terra. Até o olfato de Uilian, comprometido devido ao resfriado, pôde sentir um odor de putrefação, de morte estagnada. Das raízes escorria o líquido viscoso e negro, o mesmo que invadia o corpo infantil de Rudimar, o mesmo que já vira no pássaro morto, nos peixes e no próprio vômito. A coisa ficava pingando dentro de pequenos tonéis que serviam para coletá-la.

Uilian era um homem forte. Sentiu o mundo girar sob seus pés quando uma dor lancinante surgiu em sua cabeça. Tinha sido atingido por alguma coisa e caiu de joelhos. Tentou se recobrar do golpe. Olhou para trás e viu o agente funerário com um pedaço de madeira grossa nas mãos. Não havia sido pego de jeito, pensou Uilian, mesmo sabendo que o sangue escorria de trás da orelha. Precisava resistir usando todas as forças que possuía. Jogou-se contra as pernas do agressor, derrubando-o. Sem saber exatamente onde atingia, desferiu golpes furiosos nas costelas do homem. Percebendo que o inimigo estava ficando sem ar, socou também o rosto dele até que suas mãos não aguentassem mais. Os nós dos dedos feridos sangravam. Como o sequestrador estava inconsciente, parou de bater. Levantou-se, notando o corpo inteiro latejar de dor. Tirou as agulhas dos braços do filho e o abraçou. O menino parecia drogado, abriu os olhos e balbuciou a palavra *pai*. Quando pensou em retornar pelo mesmo caminho que viera, Uilian viu o agente colocando-se de joelhos e apoiando-se na porta para levantar. O maldito não estava fora de combate como pensara.

Diante de Uilian, existia uma escadaria de metal que levava para outra porta. Com Rudimar nos braços, subiu a escadaria. Olhou para baixo e enxergou o homem caído novamente no chão. Enfim talvez tivesse sido abatido, ou seria apenas um engodo, um subterfúgio para pegá-lo pelas pernas se voltasse?

Abriu a nova porta. Entrou em um lugar parcamente iluminado por treze velas negras em um altar. Acima delas, via uma inscrição peculiar que não sabia traduzir o significado, mas

NECROCHORUME

se escrevia assim: *"Ph 'nglui mglw 'nafh Cthulhu Rýleh wgah 'nagl fhtagn"*.

Mais acima, se via uma criatura crucificada de cabeça para baixo, horrenda e sem vida. Definitivamente não se assemelhava com o Salvador. Era um monstro. Uma paródia da raça humana. Uilian gritou de pavor e, sem querer ver mais qualquer coisa, correu por entre bancos compridos de madeira rústica. Teve consciência de que invadira a igreja do vilarejo. Tirou uma trave de metal que fechava a porta dupla e saiu para a rua.

Uilian se lembrou da chave do rabecão pendurada no retrovisor. Correu o máximo que pôde com o filho no colo. Passou pelo cemitério. Podia ver as lápides manchadas daquele visco tão peculiar. Chegava a esconder alguns nomes. Em cima da terra, formava-se uma lama obscura. O chorume dos mortos se espalhava e corrompia cada centímetro do lugar.

Uilian se afastou do cemitério com repugnância. Chegou ao rabecão e testou a porta, que se abriu. O pai colocou o filho no banco do carona e assumiu a direção. Saiu dali arrastando pneus em marcha ré e colocou o carro na estrada. Poucos minutos depois, já conseguia avistar os contornos das casas do vilarejo na escuridão. Um carro vinha na pista contrária. Uilian freou e saiu do automóvel. Desesperado, pediu ajuda. Era o carro da polícia que tinha visto estacionado na frente da delegacia.

O motorista desceu. O segundo policial o acompanhou.

— Graças a Deus! Graças a Deus! Preciso de ajuda — dizia Uilian apressado e impaciente.

Sem pestanejar, o policial sacou o trinta e oito que vinha no coldre e, bem de perto, para não errar, executou sem misericórdia o homem. O tiro acertou em cheio a testa. O barulho ecoou pela mata como um trovão. Até mesmo no vilarejo teria sido possível escutar. Mas ninguém se importaria com a morte de um forasteiro.

Os dois policiais colocaram o corpo de Uilian dentro do rabecão. Um deles foi dirigindo a viatura e o outro, o carro funerário. Estacionaram diante da casa fúnebre. Na soleira da porta, estava o agente funerário limpando com um pano o rosto ensanguentado. O policial que dirigia o rabecão levou o garoto inconsciente até os braços do sequestrador. Rudimar nunca soube o que aconteceu com Uilian. A memória de que algum dia teve um pai foi se diluindo com o tempo. A cada momento que passava naquela casa, aprendeu a se tornar um defensor fanático de conhecimentos ocultos. Fora doutrinado para viver uma nova vida e idolatrar um antigo Deus vindo das profundezas do espaço.

In: Narrativas do Medo. Rio de Janeiro: Autografia, 2017.

NECROCHORUME

O TEATRO DO VERME

NESTE LUGAR, O TEMPO NÃO EXISTE. Aqui tudo é ilusão. Mas também é realidade, depende do ponto de vista de quem vê. O olho do observador é o mestre. Eu sou o mestre deste palco. Transito pelos corredores, pelos labirintos, por túneis que me conduzem debaixo da cidade. Sinto-me como um fantasma. Por alguns sou chamado de verme. Com que autoridade podem dizer isso? Afinal, sinto medo, dor, ódio, raiva e paixão como qualquer outro.

Nasci no palco. Meu destino estava traçado. Meus pais eram atores, verdadeiros saltimbancos. Montavam o teatro sobre uma carroça, transporte que os levava para apresentações de cidade em cidade. Uma lona vermelha e remendada era estendida às costas da dupla e permitia pendurar o cenário. Naquela data do meu aparecimento, havia uma lua e estrelas feitas de papel prateado para simular a noite.

Enquanto os dois representavam uma cena dramática, minha mãe se ajoelhou gemendo de dor. Conforme o meu pai, o público não soube diferenciar se o que estava ocorrendo era real ou simples encenação.

Minha mãe pediu ajuda. Falou que estava na hora. Meu genitor clamou por um médico. De um instante para o outro, o trágico se tornou vivaz comédia. O público deu barrigadas de tanto rir. O palco é capaz de pregar inúmeras peças nos leigos.

Devem ter achado que se tratava de algum engodo ou farsa. Assim que brotou o sangue entre as pernas de minha mãe, que usava um curto vestido branco, riram ainda mais ao me verem escorregar de seu ventre. Pensaram, talvez, que ela também sabia fazer mágicas. Acocorada, me pariu. O rebento de corpo molengo, flácido, esponjoso, empapado de sangue e líquido amniótico, horroroso, de natureza inexplicável.

Disseram que meu choro era tenebroso como o de um felino no cio. Meu pai cortou o cordão umbilical com uma faca cega, levantou-me nos braços e amaldiçoou o público presente que nos vaiava. Tivemos de aguentar sobre nossas cabeças ovos e frutas podres que nos arremessaram. Enquanto a multidão se dispersava, ele agachou-se para abraçar minha convalescida mãe.

Cresci no palco. Meus pais usaram o meu talento precoce para angariar nosso sustento. Ao cantar, o público se entusiasmava comigo. Eu gerava um *frisson* que os levava do medo ao riso, do irônico ao trágico. Sem dúvida, uma habilidade singular. Os espectadores não tinham o mínimo de compaixão quando se tratava de respeitar minha figura sofrível. Eu era uma criança diferente. Como diriam as bocas mal-intencionadas: um anormal, uma aberração, uma falha do criador. Contudo, alguma coisa em mim os encantava. Minha voz. Um verdadeiro contraste, talvez, que revelava um pouco do belo no que era uma afronta aos olhos preconceituosos da sociedade. Viam um corpo inconcebível, de feiura ímpar, abençoado com o canto das míticas sereias.

Aos poucos, compreendi que meus pais não se livravam de mim porque eu lhes assegurava a sobrevivência, algo raro em se tratando das artes. Ao mesmo tempo em que eu era o renegado da sociedade, vivendo sempre solitário, preso em um quarto abafado e escuro, também me tornara uma espécie de lenda viva para ser admirada. O horror de me contemplar alertava a plateia do quanto suas vidas eram agradáveis, cheias apenas de pequenos problemas. Agradeciam por não terem nascido como eu, criatura tão famigerada, abominável e intocada por deus.

Nossa fama se alastrou por diversas cidades do interior do estado. Em função de meu corpo deformado, eu precisava de ajuda para me locomover. Meu cérebro vivaz e bem disposto, no entanto, compensava minhas debilidades físicas. Aprendi a "caminhar" longe dos olhos dos meus pais; se queria adquirir independência algum dia, precisava saber como me afastar deles.

Um dia fomos chamados para atuar na capital, em uma suntuosa casa de espetáculos. Pela primeira vez, abandonávamos a carroça que nos servira de palco durante tantos anos. Antes de nós, outros artistas se apresentariam. Meus pais e eu ficamos isolados em um pequeno aposento abaixo do teatro. Percebi que os organizadores do evento preferiam nos esconder de curiosos.

Por entre frestas do piso, observei os atores. Somente eu os acompanhava com os olhos, a luz era fraca no quarto, estávamos quase no escuro, como em um poço. Meus pais não tinham interesse em espionar os artistas, apenas esperavam a vez de entrar no palco comigo, me arrastando. Ele bebia uísque e ela fumava sem parar. Nem mesmo me olhavam, evitavam me encarar. Pareciam fartos da minha companhia.

Saber que os atores lá em cima não tinham consciência da minha existência dava-me uma sensação de onipotência. Gosto de observar, como já referi. Sou como o olho do observador, mestre de tudo que está a minha volta, uma espécie de Deus, com o martelo dos justos empunhado para julgar pobres de espírito que não compreendem o valor do teatro. Ao longo desses anos, assisti a muitas peças, desde pequenos ensaios até apresentações magníficas e grandiosas. Vi passar o mundo representado nos mais recônditos esconderijos.

O TEATRO DO VERME

Naquela noite, que seria a da minha independência, vi malabaristas, mímicos e uma versão curta de Romeu e Julieta. Não há história de amor mais comovente. Só de me lembrar do destino reservado aos amantes, feito criança, derramo lágrimas de tristeza. A sociedade humana é cruel demais. O mundo é voraz.

Enxerguei Julieta, nunca soube o nome daquela atriz iluminada. Sua beleza me conquistou no ato. Romeu, não menos belo, a cortejava. Quando os dois morreram, fiquei desolado por entender a impossibilidade da realização do amor mais puro. Da morte nada retorna. Sobre mim se abateu uma profunda depressão.

A hora do meu *show* chegara. Eu estava abatido, frio como uma pedra de gelo. A morte de Julieta e Romeu era tão sem sentido quanto a minha vida. Quando as cortinas de veludo vermelho se abriram, meu pai puxou o carrinho de rolimã sobre o qual eu me acomodava em uma almofada púrpura com bordados dourados. Minha mãe vinha logo atrás, segurando uma corrente presa ao meu pescoço. Meus pais vestiam roupas circenses pomposas e coloridas. Os rostos estavam maquiados como os dos palhaços. Um deles representava a comédia e o outro, a tragédia. Não consegui cantar. Nada saía de minha garganta. Os espectadores começavam a se agitar. Sem o encantamento da minha voz, a figura grotesca que sou provoca desconfiança e asco. O medo emerge logo depois, quando as pessoas entendem que eu sou de carne e osso, que não sou um engodo, mas um produto de um sarcasmo biológico.

Ao perceber minha demora, o chicote de meu pai estalou no chão de tábuas do palco. Em vez de vibrar notas melódicas e de encantamento que somente eu sabia, acabei urrando uma nota aguda, violenta e penetrante. A plateia ficou ainda mais tensa. Alguns colocaram as mãos sobre os ouvidos. Percebi que um homem da primeira fila se levantou, com a intenção de se retirar. Sangue escorria de uma de suas orelhas.

A apreensão no ambiente parece ter me dado forças. Era como combustível. Meu pai, rigoroso, dessa vez acertou a ponta do chicote em mim. Sempre disse que era a melhor maneira de me colocar nos eixos. Só assim eu o respeitava.

Naquela época, meu corpo jovem ainda se apresentava sensível, porém, ao longo do tempo, adquiriu uma couraça resistente. Com o golpe, ardido e cortante, sangue negro escapou de um profundo corte. Com a ferida aberta, estremeci e esbravejei. Urrei como nunca, como alguém que deseja dizer: basta.

Embora eu entenda perfeitamente o que as pessoas dizem, minhas cordas vocais, de alguma maneira, são diferentes. Sou capaz de emitir notas alcançando os tons mais agudos e os mais graves, se for necessário. No entanto, não fui feito para falar. Não consigo dizer uma palavra sequer, apenas consigo reproduzir melodias. Só posso ser fruto de algum tipo de pecado incestuoso ou coisa mais grave. Não há explicação.

Minha mãe, que estava mais próxima, apertou a corrente em meu pescoço. Deveria ter sido mais enérgica. Sentia-me completamente alterado, com ódio fervendo nas veias. Ataquei primeiro meu pai. Eu o amava. Não consegui parar meu ato criminoso até que ele estivesse morto. Meus olhos estavam banhados em lágrimas. Histérica, minha mãe gritava tentando me controlar. Eu a calei sem muito esforço, ouvindo gritos de horror vindos da plateia.

Pulei do palco e ataquei os mais lentos. Assassinei alguns, outros consegui apenas ferir. Banhei meu corpo com o sangue imundo da sociedade, daqueles que gostam de debochar do sofrimento dos outros.

O TEATRO DO VERME

Tive de fugir antes que me capturassem. Vivi anos pelas cercanias do teatro, em esgotos da cidade. Quando as autoridades desistiram de me procurar e a imprensa abafou o caso, eu me embrenhei nos túneis secretos da casa de espetáculo. Movimento-me atrás das paredes, dou a impressão aos que me escutam de que existem milhares de cupins devorando a madeira velha ou um fantasma assombrando o local. Alguns tiveram o privilégio de ouvir minha voz, em momento de descuido, quando canto durante a madrugada ou ao alvorecer. Afirmam que nada é mais encantador ou belo. No entanto, como que hipnotizados, nunca conseguem indicar exatamente de onde parte a melodia. Eu os vejo e também os ouço muito bem. Dia e noite os espiono, para ter certeza de que não me encontrarão.

As notícias acerca de minha existência, por sorte, perderam-se. A memória não é muito valorizada onde habito. No entanto, ainda deve persistir armazenada em arquivos, alguma matéria de jornal sobre o que fiz naquela noite. Mas quem procuraria por isso, se não sou considerado nem mesmo uma lenda local?

Ainda hoje, décadas e décadas depois de minha independência, assisto à interpretação dos atores como se fosse a primeira. O teatro é minha paixão. Não preciso de mais nada. Não preciso da experiência do mundo, apenas da arte e da ficção.

Não sei por que a velhice não se abate sobre mim ou a morte não vem me buscar, sou mesmo muito diferente. Há mais de um século, transito por aqui me escondendo das pessoas. Sou o olho do observador. Para sobreviver, necessito apenas de um pouco de alimento. Quando alguém que despreza o teatro aparece em meus domínios, eu não o perdoo. O verme se torna o vencedor.

PRATO ESPECIAL

1.

— Quanto tempo? Sempre muito bem vestido, Dom Roberto!

— Obrigado! E você, hein? Sempre elegante.

— São os seus olhos.

— Tem fogo?

— Claro.

— Veja. É importado.

— Esse charuto parece dos bons!

— Cubano. Quer um? Pode fumar depois do expediente.

— Não, obrigado. Já faz um tempo que parei de fumar. O médico me proibiu.

— Esses sujeitos estão sempre dispostos a nos privar do que a vida tem de melhor.

— Se eu não faço o que ele recomenda, minha esposa reclama.

— Nesse caso, só tem uma solução: aceitar o que ele diz.

— Prefiro não me incomodar em casa. E, então, Dom Roberto, quanto ao vinho, vai o de sempre ou gostaria de olhar a carta?

— Você me conhece. Sou conservador. Não gosto de mudar assim de uma hora para outra. Traga-me o francês.

— Seu desejo é uma ordem. É pra já!

2.

— Espero não ter demorado muito, Dom Roberto. Perdoe-me. Mas é que um dos clientes me atazanou um pouco as ideias.

— O que aconteceu?

— Deixe-me servi-lo primeiro. Experimente!

— Magnífico.

— Que bom que é do seu agrado.

— Mas, diga-me, o que ocorreu com você e o cliente?

— Não sei se devo...

— Nos conhecemos há tantos anos. Sinta-se à vontade comigo!

— Fico meio encabulado de contar... É que o tal cliente é novo por aqui. Ele... Ele reclamou da presença do seu cão no restaurante.

— Mas que insolente. Eu sempre trouxe o Lecter aqui. Nunca tivemos problemas. Idiota! Quer saber? Não estou nem aí! Ainda mais em se tratando de um novato. Sou antigo no ramo e um dos clientes *vip*. Tenho preferência.

— Eu sei... Eu sei, Dom Roberto. Mas não é bom brincar com o homem.

— Por que tanta tremedeira na voz, Freitas? O novato não pode ser um bicho-papão!

— Só para ter uma ideia, Dom Roberto, ele é o sujeito que se intitula O Exemplo.

— O Exemplo? Tá brincando! É aquele sujeito franzino lá no canto? Nunca o vi por aqui.

— É ele mesmo. Não estou para brincadeiras.

— Se ele não gosta do meu bichinho de estimação, que vá embora. Não vim aqui para dar atenção aos desaforos de um novato.

DUDA FALCÃO

— Como achar melhor, Dom Roberto! Não o importunarei mais com esse assunto. Já escolheu a refeição de hoje?

— Estava pensando se hoje tem o prato especial. Você pode verificar?

— Vou conversar com o cozinheiro e ver o que podemos fazer pelo senhor. Mas, se não me engano, temos a iguaria que tanto aprecia.

— Se tiver, é o que quero! Pode levar o cardápio. Hei, Lecter, pare de latir, meu garoto. Às vezes, ele apronta dessas. Mas, no geral, é muito bem educado.

— Eu sei, Dom Roberto. Por mim, não há problema, preocupo-me apenas com a reação do novato. O olhar dele parece de desaprovação.

— Tô me lixando pra ele. Vamos cortar esse assunto, Freitas. Não me fale mais do sujeito.

— Como quiser, o senhor é quem manda!

3.

— Até que enfim, Freitas!

— Dom Roberto, o senhor sabe, a iguaria é preparada com condimentos especiais. Precisa de muito cozimento para absorver o molho e as ervas.

— Não precisa se justificar. Se comida rápida fosse boa, eu estaria em um *fast food*. O cheiro está fantástico! Ervas aromáticas maravilhosas e o molho vermelho como tem de ser. Vai ser de comer ajoelhado.

— Aproveite! Servimos uma porção para o Lecter, como de costume.

— Vocês são os melhores. Obrigado, Freitas.

PRATO ESPECIAL

4.

— Freitas! Freitas! Freitas!
— Não faça escândalo, Dom Roberto.
— Não me sinto bem. Minha barriga dói. Estou ficando tonto! Veja o pobrezinho do Lecter. O que o cozinheiro botou no nosso jantar, traidor? Que veneno vocês escolheram?
— Faz diferença? Foram ordens do Exemplo.
— Seu patrão... É um energúmeno. Se eu morrer... Perderá toda a credibilidade com os... Nossos pares.
— Já não estamos mais sob a administração anterior. O Exemplo acaba de comprar o *Restaurant*. A clientela sempre pode ser renovada, foi o que ele nos garantiu, Dom Roberto. Quanto a sua morte, lamento, mas creio que não poderemos reverter o processo. Espero que tenha gostado do prato especial. *Bon appétit*!

A VOZ DE UM MORTO

VOCÊ ESTÁ ESCUTANDO A VOZ DE UM MORTO. Prefiro avisar logo para não deixar nenhuma dúvida. Não sei como ela soará em seus tímpanos, mas tenho certeza de que não será agradável, por experiência própria. Quando ouvi pela primeira vez a fala analógica de outros cadáveres, gelei. No princípio, se misturavam com estática, ruídos indefiníveis, eram lamuriosas, estridentes e, de alguma maneira, arranhavam o fundo da minha mente. Ainda que sentisse um arrepio na espinha, viciei nas gravações. Queria escutá-las, sem parar, dia e noite. Fui adestrando minha audição para saber o que diziam. Nem todas as vozes se expressavam na minha língua natal. Pude entender que se comunicavam utilizando inglês, francês, alemão, espanhol, japonês e outro sem número de idiomas que eu não saberia identificar, mesmo sendo um acadêmico especialista em linguística. No entanto, cada vez mais sedento por aquelas manifestações, decidi estudar a fundo o que era dito e verifiquei até mesmo a presença do latim e do tupi-guarani entre elas.

Utilizando um programa de computador, a partir da frequência das gravações originais, consegui classificar mais de seiscentas vozes enquanto ainda estava vivo. Trabalhei mais de uma década escarafunchando cada relato. O fato é que eu não dava conta de escutar todos os condenados, mulheres, homens, crianças, jovens e velhos que queriam me contar suas experiências aterradoras antes da morte. Existia uma verdadeira procissão de mortos querendo reclamar para mim o abandono prematuro de seus corpos.

Comecei a ser consumido por aquela obsessão. Perdi tudo e todos. Minha namorada vinha frequentemente dormir em meu apartamento no centro da cidade, uma cobertura antiga da qual eu podia observar as águas calmas do Guaíba em noites de lua cheia. Sei que gostava de mim, ao menos um pouco, não posso reclamar por ter me abandonado. Quando ela escutou pela primeira vez as vozes, achou que era brincadeira, riu e me convidou para ir comer uma pizza. Falei, descontente, que deveria confiar mais em mim. Vendo que eu me chateara, parou para escutar a ladainha comigo, mas não aguentou mais do que quinze minutos e disse que tudo o que escutava eram ruídos e microfonias.

Fiquei abalado sem saber explicar o porquê. Eu conseguia escutá-las e o que mais me deixava frustrado é que os donos das vozes não me ouviam aqui do outro lado. Comprei até uma tábua *ouija* para tentar contato, mas não surtiu efeito. Aquela porcaria não funcionava. Minha namorada um dia encontrou a tábua debaixo do sofá e me perguntou por que eu tinha a ideia fixa de me comunicar com espíritos. Não soube responder, talvez fosse o interesse pelo desconhecido, pelo sobrenatural. Depois disso, a relação começou a esfriar e ela não voltou mais do que duas vezes para me visitar. Com esse duro golpe, me senti ainda mais depressivo. Deixei de comparecer todos os dias ao trabalho e logo fui demitido da universidade em que lecionava. As coisas não faziam mais sentido para mim fora do meu apartamento, onde eu escutava e dissecava as gravações. Minhas economias serviram de sustento para os anos seguintes.

Sem trégua, eu continuava analisando as vozes que me envolviam como tentáculos viscosos, me levando mais e mais

DUDA FALCÃO

para a profundidade sombria de suas narrativas. Percebi, depois de um tempo, que eu emagrecia consideravelmente a cada ano que passava, olheiras se avolumavam em meu rosto, meus cabelos estavam compridos, enredados e sebosos, minha barba era um emaranhado de fios duros e sujos. Compreendi que, de alguma maneira, as vozes queriam se alimentar do meu corpo enfraquecido e da minha mente castigada.

Cheguei próximo à insanidade. Antes do fim, antes de romper o fio tênue e frágil da vida, eu já não lavava mais as minhas roupas, as louças se amontoavam na pia, o lixo se acumulava nos cestos e até o meu gato já não ganhava comida. Meu precioso companheiro, que esquentava meus pés nas poucas horas em que eu conseguia dormir, morreu de inanição em uma noite de inverno. Seu corpinho peludo estava frio ao lado dos meus pés.

Acendi velas em sua homenagem e depositei-o inerte em cima de sua almofada preferida. Chorei como uma criança, desesperado pelo meu descuido, por não ter percebido que ele precisava de comida. Malditas vozes que me assombravam. Quando achei que a sua falta seria insuportável, eu o escutei nas gravações. O seu miado era baixo, de uma tristeza inconfundível pela distância que nos separava. Chamei pelo seu nome, pedi que ele voltasse. Acariciei o seu cadáver em decomposição e enxotei as moscas que vinham incomodá-lo. Nenhum movimento. Nada. Nenhuma reação. Lógico. Ele estava morto e por minha culpa.

Berrei em desespero. Pouco depois o síndico bateu em minha porta. Não abri, só pedi que fosse embora. Ele me ameaçou dizendo que teria de chamar a polícia ou o hospício para dar conta da minha loucura. Nas poucas vezes em que me aventurava à rua, ao topar com vizinhos, tudo o que eu percebia deles era um olhar de desprezo. O porteiro fora encarregado de me informar que chamariam um serviço qualquer de limpeza

A VOZ DE UM MORTO

pública para dar um pente fino em meu apartamento, se eu não o limpasse. Eu me limitei a responder que o salário dele dependia de mim. O sujeito resolveu ficar quieto e, de maneira indelicada, se afastou de mim dizendo que eu fedia. Não tive forças para brigar, nem mesmo interesse. Tão apenas retornei para o meu buraco. O quanto antes eu devorasse as vozes melhor, tínhamos uma simbiose plena; elas me sugavam como um vampiro suga o sangue de uma vítima e, mesmo assim, as idolatrava como um néctar raro do qual somente eu me alimentava.

Um dia as vozes se transformaram novamente em estática e ruído. Não conseguia mais escutá-las, nem mesmo meu precioso gato. Esse foi o golpe derradeiro que me fez perder a cabeça. Sozinho não suportava a dor da existência. A solução, no entanto, sempre esteve ao meu alcance, só naquele momento de abandono é que pude perceber. O sorriso voltou ao meu rosto, sabia o que fazer. Era tão óbvio que no momento encarei como uma revelação, uma espécie de iluminação que não deixava espaço para qualquer dúvida.

A minha cobertura ficava a trinta metros do chão. Imaginei que seria suficiente. Não pensei outra vez. Apenas me atirei lá de cima. Não morri logo que os ossos do meu corpo se quebraram, nem quando os órgãos internos estouraram. Durante alguns segundos, senti uma dor interminável. Com os olhos vidrados, ainda vi pessoas horrorizadas gritando após o meu ato. Depois, veio a escuridão pegajosa e fria. Se você me escutou, é porque apertou algum *play*. Vá em frente. Saiba mais sobre cada uma das histórias sombrias que temos para relatar. Continue nos escutando... e, quando quiser, junte-se a nós.

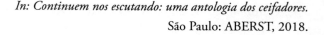

In: *Continuem nos escutando: uma antologia dos ceifadores.*
São Paulo: ABERST, 2018.

FANTASMAGORIA ON-LINE

ERA NOITE EM MINHA CIDADE. De maneira inesperada, todas as luzes se acenderam como se fossem criaturas vivas. Imaginava que o momento derradeiro da história da humanidade viria com uma escuridão profunda, trevas intransponíveis consumindo nossa força vital. Mas não foi assim que aconteceu. Os faróis dos carros ligaram-se por vontade própria, as televisões não pararam de emitir imagens e os rádios zumbiram sons desconexos. Não existiu tecnologia capaz de permanecer sob o nosso controle. Os cabos de rede, os satélites e as frequências *Wi-Fi* se encarregaram de transmitir a ordem derradeira. Não houve pessoa que pudesse interferir em tempo pela causa humana. Quando entrei em meu apartamento, vi o espectro da minha mulher sendo sugado pela tela do nosso computador. Tornara-se, em breves segundos, uma prisioneira da teia. Sem chances de escapar. Escutei o seu grito de desespero despontar das caixas acústicas conectadas ao aparelho. O corpo desabara, sem vida, transformara-se em uma casca vazia. Logo entendi que aquela operação macabra era realizada por algo sem escrúpulos ou sentimentos. Uma espécie de consciência artificial, superior à nossa, que nos manipularia a seu bel-prazer. Meu tempo também se esgotara quando, enfim, a coisa me localizou. Não consegui esboçar nenhum tipo de resistência contra a minha captura. Sua força era indescritível. De alguma forma, entendo que todos nós permanecemos vivos.

Estamos conectados entre bilhões de mentes aprisionadas. O fim do antigo mundo significou o início de algo novo. Pude presenciar, não sem revolta e desgosto, o nascimento e a ascensão da egocêntrica e fantasmagórica consciência digital.

NATUREZA DIGITAL

ENTRO MAIS UMA VEZ NO TREM LOTADO. Faço isso todos os dias para ir ao trabalho. As pessoas se empurram para conseguir espaço. Antes de nos acomodarmos, o transporte dá a partida. Fico em pé, próximo a uma janela. No céu, posso ver a escuridão densa, cinza, provocada pela poluição. Rente aos trilhos, por toda a extensão, um muro alto, repleto de pichações, grafites e pequenas televisões embutidas nos tijolos mostrando conteúdo publicitário. Somos bombardeados pelos produtos das empresas mais famosas, somos incitados ao consumo desenfreado enquanto o trem se arrasta, para que possamos pensar qual será nossa próxima compra.

Relaxo somente quando chegamos ao novo trecho. Para dar algum alento e um pouco de ilusão ao povo, a federação começou a instalar telões pela cidade. Agora podemos ver imagens bem reais ao longo da principal via percorrida pelo sucateado trem. O muro dá lugar a uma tela em HD de mais de cinco quilômetros de extensão. Tenho certeza de que nenhum de nós aqui nessa lata de sardinha já viu a natureza como ela realmente foi. Podemos acompanhar sua beleza quase extinta pelo vidro luminoso. Primeiro, vemos o que chamam de Mata Atlântica, dizem que ocupava boa parte do litoral brasileiro. Em seguida, o Pantanal e as suas maravilhas já comprometidas. Exclamamos um "oh!" todos os dias ao avistar a onça saindo de trás de uma árvore. Nessa hora, arrumo a minha máscara acoplada a um tubo de ar, para respirar melhor. Lembro que tenho de passar no supermercado para comprar oxigênio. Compro sempre o mais barato. Não ajuda muito, mas já é alguma coisa. Conheci pessoas que não usavam máscaras e acabaram definhando, depois morrendo antes dos trinta anos. Mas existe uma esperança, o governo disse que vai diminuir em 25% a emissão de gases tóxicos antes de 2027.

Chegamos ao fim do trajeto. Boa parte do muro está derrubada. Vemos operários reconstruindo-o. O governo diz que a queda se dera em função de um tremor de terra. Porém, ouvi um rumor pelas ruas de que se tratava de um ato de um novo grupo de rebeldes. Os sujeitos teriam implodido o muro com o objetivo de deixar à mostra o que evitamos, a todo o custo, ver no dia a dia. Fecho os olhos, não é fácil olhar para a realidade. Não gosto de encarar a pobreza, os miseráveis, a montanha de sucata e lixo que se acumula diante de mim. Abro os olhos de novo somente quando tenho de sair do trem.

O conto *Natureza Digital* foi publicado na série "Fricção", do Planeta Ciência do Jornal Zero Hora, em fevereiro de 2014.
A série apresentava narrativas curtas inspiradas em notícias inusitadas. *Natureza digital* teve como inspiração uma notícia (falsa) de que televisões instaladas em Pequim mostravam o nascer do sol aos moradores, pois era impossível vê-lo devido ao ar poluído. O boato acabou publicado em periódicos como o britânico *Daily Mail* e a americana *Time*.

MISTÉRIOS DA MEIA-NOITE

ANAHI ABRIU A PORTA DO APARTAMENTO. Jogou a bolsa em cima da mesa e sentou-se exausta no sofá. Vinha de mais uma entrevista de emprego. Tinha se formado no final do ano passado. Já era inverno e nada de conseguir um trabalho fixo, nem mesmo um temporário. Tirou o casaco de couro. Dentro de casa não fazia tanto frio. Lá fora, o mês de julho trazia um forte minuano que costumava soprar com maior intensidade durante a noite. Mesmo com as janelas fechadas, um pouco de seu vento conseguia entrar pelas frestas.

Desanimada, Anahi foi tomar um banho quente, para esquentar o corpo e os pés gelados. Ela vivia em um pequeno apartamento, com um banheiro e uma sala integrada com quarto e cozinha. Se não conseguisse algo remunerado, logo ficaria sem dinheiro para o aluguel. A recém-formada em jornalismo não queria voltar para a casa dos pais. Gostava de visitar os parentes e queria ajudá-los, mas o fato é que tinha se acostumado com o ritmo da vida urbana. Precisava vencer naquele mundo sórdido, de competição desenfreada e capitalista. No entanto, não conseguia pensar em passar a perna nos outros para ter uma vida melhor. Precisava atingir o sucesso com trabalho, assim como a maioria das pessoas.

Desligou o chuveiro e secou o corpo com uma toalha macia. Era como se a água pudesse limpar também a sua alma, livrando-a de uma depressão iminente. Ligou um aparelho barulhento e deixou o ar quente secar os seus cabelos compridos, lisos e negros, que chegavam abaixo dos ombros. Vestiu um pijama e grossas meias. Depois, abriu a geladeira. Quase vazia, não dava muitas opções. Armazenava apenas um pão velho, que podia esquentar no forno, um pedaço de queijo e uma caixa de leite. Outras pessoas tinham muito menos do que ela, não podia reclamar. Mas um dia as coisas iriam mudar, ainda guardava no peito a esperança de que a sociedade se tornasse menos desigual em termos econômicos.

O pouco de recursos que ainda tinha, investia para pagar uma internet rápida. Via na rede uma chance de realizar algum empreendimento que lhe rendesse ao menos alguns trocados. Ligou o *notebook* que tinha comprado no início da graduação. A máquina, com um pouco mais de quatro anos, já não funcionava tão bem. Logo ficaria obsoleta, mas, por enquanto, teria de servir para o que ela precisava. Nos últimos dias, Anahi construíra um *site* de entretenimento para escrever matérias sobre acontecimentos sobrenaturais ou inexplicáveis.

Desde a infância, ela gostava de escutar as histórias do avô repletas de lendas e mitos. Assim que começou a ler e a escrever em português, teve acesso a um bom número de livros ficcionais, de história e ciências. Não por acaso, conseguiu chegar à universidade federal e cursar jornalismo, tendo uma das melhores notas do curso. Poucos de origem indígena conseguiam ter a mesma sorte que ela. Em geral, sempre foram considerados párias ou pessoas que deviam seguir apenas os seus antigos costumes, manter a identidade de cinco séculos atrás e pronto, sem chance de viver no mundo urbano dos homens e mulheres brancas, filhos dos conquistadores.

A profissão que escolhera enfrentava um grave problema

de mercado. A imprensa tradicional, formada pelo jornal impresso, o rádio e o telejornal, passou a disputar espaço com a veiculação de informações na internet, produzida por amadores e até mesmo por profissionais da área que estavam desempregados. Mesmo os que ocupavam posições garantidas faziam uso da rede, postando artigos e matérias apenas para ter visibilidade. A competição se encontrava cada vez mais acirrada. Diante dessas dificuldades, Anahi testava a internet e as suas possibilidades para ver se conseguiria sobreviver enquanto não tivesse um salário fixo.

Esquentou o leite, misturou café e o bebeu. Diante do *notebook,* acessou a sua página de histórias sobrenaturais. A primeira coisa que conferiu foi o número de visitas. Nem um pouco animador. Em mais de uma semana, menos de vinte almas desocupadas, provavelmente dos grupos fechados que participava, apareceram para conferir sua primeira postagem. Com o que conhecia das histórias do avô e com o mar de informações que navegavam espalhadas pela internet, ela compilou a lenda do Corpo Seco. Dezenas de *sites* e *blogs* comentavam sobre a criatura, sua origem, suas características físicas, seus poderes, fraquezas e pecados. Pecado era uma palavra que aprendera muito cedo, mesmo na sua tribo de tronco tupi-guarani. Os jesuítas fizeram um trabalho fenomenal de aculturação, Anahi se lamentava ao pensar nisso. Mas ela não acreditava em pecado. Preferia não seguir religião alguma, mesmo que, no fundo, acreditasse em um deus maior, em uma força que insuflava vida e morte ao universo, ordem e caos.

Leu mais uma vez o texto que escrevera sobre o Corpo Seco. Revisou uma parte que achou ruim e o atualizou. Estava bem escrito. Muito melhor do que tinha conferido em outros lugares. Construiu um bom tratado sobre a criatura utilizando

MISTÉRIOS DA MEIA-NOITE

pesquisa acadêmica. No entanto, isso não bastava. Afinal, quem era o seu público? Ela precisava de mais elementos. Talvez o relato de alguém que supostamente tivesse visto a criatura. Isso poderia ajudar. Uma fotografia do monstro. Era impossível fotografar algo que não existia, mas e daí? Anahi fotografava muito bem. Podia produzir uma foto pouco nítida, sem precisão, uma montagem digital com o intuito de fazer de conta que encontrara a criatura do artigo.

Pensou no lance ético. Porém, a internet não era a imprensa tradicional. Ela estava determinada a nunca dizer que o Corpo Seco ou qualquer criatura dos seus artigos eram reais. Nem mesmo acreditava nisso. Apenas faria a pergunta: será que monstros existem? Além do mais, Anahi sabia que cultura era uma construção válida para se pensar a sociedade. No fundo, todo monstro podia ser interpretado como metáfora específica da vida das pessoas em sociedade, da moral, dos costumes, dos medos de cada um, dos instintos mais primitivos, dos desejos, dos sonhos e dos pesadelos. Ao menos estava convencida de que forneceria um bom material de análise para psicólogos, curiosos e antropólogos. Talvez, se alcançasse um número alto de seguidores, conseguisse patrocinadores, e aí sim o dinheiro poderia entrar em sua conta. Não tinha nada a perder. Enquanto não encontrasse um emprego, aquela seria sua bengala.

Anahi entrou em uma rede social. Acessou um dos grupos de assuntos sobrenaturais que acompanhava. Fazia isso todas as noites, nas duas últimas quatro semanas, antes mesmo de lançar o *site*. Encontrou uma postagem do Saci, nome de guerra de um participante do grupo, que comentava sobre a estranha morte de um mendigo que tivera o fígado extirpado. O homem morto fora encontrado de manhã por um ciclista no principal parque da cidade. No comentário, havia uma fotografia tosca de uma

DUDA FALCÃO

pracinha japonesa descuidada, com o matagal alto. Naquele local, teria sido jogado o corpo. Saci escreveu que o assassinato devia ser obra do Papa-figo.

Anahi fez uma pesquisa rápida pela internet. Em relação ao Papa-figo, encontrou algumas postagens que o relacionavam com o velho-do-saco e um feiticeiro que, ao devorar fígados, aumentava sua existência na Terra. Sobre o assunto do assassinato do mendigo, encontrou uma nota que apavorava os cidadãos afirmando que a cidade estava cada vez mais violenta e desprotegida. Nos poucos comentários, encontrou apenas críticas contra a segurança realizada pela polícia. Além disso, não garimpou mais nada. Como não tinha grana para pagar a assinatura de um jornal *on-line* capaz de suprir sua curiosidade, decidiu conversar com o criador da postagem. Nunca conversara com Saci, apesar de ele ser o administrar daquele grupo. Mentira ou não, a história poderia servir. A jornalista o chamou no *inbox* da rede social:

— Oi, Saci. Tudo bem? Perturbadora a sua postagem. Não vou conseguir dormir hoje à noite, hehe. Como foi que você soube da morte do mendigo?

Saci estava *on-line*, mas ainda não começara a responder. Anahi comeu o pão com queijo enquanto esperava. O avatar do Saci era uma ilustração sombria de um adolescente com um cachimbo na boca e um capuz vermelho na cabeça. Anahi não utilizava um perfil *fake*, contudo a sua foto mostrava a Princesa Leia com uma pistola *laser* na mão.

Quando já pensava em desistir, viu que Saci começara a digitar uma resposta:

— Oi, Anahi. Comigo tudo bem e com você? Visitei o seu *site*. Gostei muito. Achei a melhor história que já li do Corpo Seco. Parabéns!

MISTÉRIOS DA MEIA-NOITE

— Obrigada — Anahi escreveu. Ela tinha convidado os membros do grupo para que visitassem a página. — É fruto de pesquisa.

— Espero que você continue escrevendo lá.

— Por isso entrei em contato com você. Fiquei interessada nessa história do Papa-figo. Uma lenda de carne e osso se manifestando aqui em Porto Alegre. Isso não se vê todo dia.

— Mas acontece. Você sabe. Do contrário, não existiria tanta gente comentando sobre o sobrenatural na internet. Inclusive você.

— É. Você tem razão. — Anahi preferiu não contrariar. Não podia dizer que não acreditava em relatos fantásticos. Apenas queria explorar as histórias. — Então... Fiquei curiosa. O que mais você sabe sobre isso?

— Não muito. Foi um amigo que me contou.

Anahi tinha consciência de que conversar pela internet era algo que não facilitava quando se queria investigar com profundidade alguma coisa. Não era possível identificar o tom da voz da pessoa, ver as suas expressões, em resumo, não dava para saber se o indivíduo mentia ou falava a verdade.

— Qualquer detalhe a mais vai me ajudar.

— Ok. Só não escreve que fui eu que te contei. Pode ser?

— Combinado.

— Tenho um parente que trabalha na polícia. Ele me contou sobre o assassinato. Ninguém conseguiu identificar o corpo ainda. Isso já faz alguns dias.

— Foi no Parque da Redenção mesmo?

— Foi. De madrugada. Pelo que sei, encontraram próximo da vítima um objeto que pode ser uma pista. Um colar arrebentado com um pingente de uma suástica.

— Então, o Papa-figo não é um monstro. É um nazi.

DUDA FALCÃO

— Qual a diferença?

Antes que Anahi pudesse responder, Saci continuou digitando:

— Vou ter de desligar agora. Conversamos outra hora.

— Espera um pouco... Gostaria de saber mais detalhes...

— Fui... — escreveu Saci.

— Até mais. Um abraço e boa noite. P.S.: A diferença é: nenhuma.

Ainda era cedo, nem nove horas da noite. Anahi podia pagar um *pint* de chope para si mesma. Suas economias estavam fracas, mas também não era mão de ferro. Além do mais, um pouco de cevada sempre matava a fome. Bastava descer uns lances de escada e daria de cara com uma rua cheia de bares na Cidade Baixa. Em um dos estabelecimentos mais *undergrounds* do bairro, já tinha visto um grupo de *skinheads*. Iria para lá. Talvez tivesse sorte.

Visto que a imprensa oficial não se importava com o roubo de um fígado de mendigo, ela se importava. Talvez, em algum momento, pudesse descobrir alguma coisa. Ter uma notícia de verdade que a fizesse ser contratada para escrever, ao menos, na coluna policial. Não era bem o que ela queria, mas qualquer trabalho seria melhor do que nada. Sabia de colegas formados que tinham voltado para o interior, outros que apenas conseguiam bicos, de tão difícil que as coisas andavam. Se conseguisse receber por alguma de suas matérias, estaria mais do que feliz. Ela vestiu uma roupa pesada para encarar o frio. Não era hora para ter preguiça, mesmo depois de já estar quentinha, pronta para ir para debaixo das cobertas e assistir a algum filme completo no *Youtube*.

O movimento de pedestres na rua era intenso. Anahi olhou para cima, só agora percebia que a lua minguava no

MISTÉRIOS DA MEIA-NOITE

céu. Nuvens escuras escondiam boa parte das estrelas. Naquela noite, ameaçava chover. Ela caminhou duas quadras e chegou ao bar. Era ponto de encontro de motoqueiros. Na frente, havia duas Harley-Davidson e uma Kawasaki Vulcan.

O porteiro perguntou o nome dela e anotou em uma comanda de consumação. O sujeito vestia uma camiseta preta de mangas curtas. Mesmo com todo aquele frio, queria mostrar as tatuagens que preenchiam os seus braços e dar uma de mau, pensou Anahi. Ele era encorpado e, se tivesse de tirar alguém à força do bar, provavelmente conseguiria. A espessa barba e os cabelos compridos deviam ajudar para esquentar o corpo.

Anahi entrou e procurou um lugar no balcão, longe do palco. Uma banda se preparava para tocar. Os primeiros acordes do guitarrista foram de *Smoke on the Water*. Mas logo ele parou, mesmo com a vibração de algumas pessoas que pediam mais, pois estava apenas afinando e regulando o timbre da guitarra.

— Qual a bebida? — perguntou uma mulher do outro lado do balcão.

Anahi olhou para o quadro marcado com os valores, marcas e estilos de cervejas.

— Vê uma *stout*.

A garçonete se afastou e Anahi observou o bar com atenção. Nenhum sinal daqueles *skinheads* que já tinha visto lá uma vez.

— Tá aqui — disse a mulher.

Um caneco com espuma vistosa e boa cerveja foi deixado sobre o balcão. Anahi tomou um gole e, depois de saborear o conteúdo, chamou novamente a garçonete.

— Eu tô procurando uns caras que vi aqui outro dia.

— Vem muita gente no nosso bar, moça.

— É fácil lembrar. São uns caras carecas e vestem roupa

DUDA FALCÃO

de couro.

— Você é amiga deles?

— Não exatamente.

A atendente apoiou as mãos sobre o balcão e aproximou-se de Anahi de forma ameaçadora:

— Se for, vou te dar um conselho. Deixa a cerveja aí e vai embora agora. Não suportamos ninguém daquela laia.

— Não se preocupe com isso. Só quero saber onde eles estão. Meu irmão apanhou deles. — Anahi mentiu ao perceber que podia ter algum apoio.

A garçonete relaxou os braços e desabafou:

— Não sei como deixam aqueles caras soltos. Eles vivem arranjando encrenca no bairro. A última vez que pisaram aqui foi a gota d'água. Deu uma quebradeira enorme. Tivemos prejuízo com cadeiras, mesas e copos. Sem contar o meu marido, que ficou com o nariz quebrado. Mas demos uma lição neles. Isso não quer dizer que a gente não se preocupe. Toda madrugada, antes de fechar, temos de estar atentos para ver se aqueles merdas não estão de tocaia, só nos esperando.

Anahi tomou mais um gole.

— Vou te dar um conselho. Se eu fosse você, ficaria bem longe deles. Se souberem que você os procura, a coisa pode ficar feia.

— É. Você tem razão. Vou deixar pra polícia. — Anahi bebeu mais um pouco.

— Nem a polícia bota a mão naquele bando. Não sei por quê. Devem ter as costas muito, muito quentes.

— Traz mais um *pint* de *weiss*, Sílvia — gritou um cliente em uma das mesas.

— Já vai! Fique à vontade, querida. Aproveite o *show* da banda. Eles são muito bons.

MISTÉRIOS DA MEIA-NOITE

Sílvia se afastou para servir a bebida que o cliente pedira.

Antes que Anahi terminasse o chope, a apresentação da banda iniciou com uma música do AC/DC. Gostou do som e decidiu ficar mais um pouco. Acabou pedindo outra bebida e, para não perder a prática, pegou a caneta tinteiro e o bloquinho que sempre carregava no bolso da jaqueta. Escreveu alguns comentários elogiosos para a banda e foi embora antes de o *show* terminar. Eram vinte e três horas quando entregou a comanda na mão do porteiro. Em Porto Alegre, a boêmia recém-começava àquele horário. Sempre preferia sair mais cedo, para estar inteira no dia seguinte. Havia muita gente na rua, alguns bares deixavam mesas e cadeiras nas calçadas. Estava voltando para o apartamento, mas deteve seu retorno ao ver três *skinheads* do outro lado da calçada. Um deles fumava um cigarro e os outros dois carregavam garrafas de bebidas destiladas. Eles caminhavam de maneira apressada em direção contrária à qual ela vinha. Por impulso, Anahi decidiu segui-los.

Os três entraram em um carro fora de linha. Lataria velha e pintura desgastada. Anahi fez sinal para um táxi que rodava sem nenhum passageiro. Entrou em tempo de ver para onde os sujeitos iam e disse para o taxista:

— Segue aquele carro.

— Qual o destino? — o homem perguntou.

— Vamos ver. Não sei aonde eles vão parar.

Mesmo desconfiado, o taxista fez o que a cliente pediu e depois perguntou:

— A pessoa que está naquele carro é sua amiga?

— É meu namorado e dois idiotas amigos dele. Quero saber aonde eles estão indo. Não os perca de vista — disse Anahi.

— Vamos segui-los a distância, assim seu namorado não vai saber que estamos atrás dele.

DUDA FALCÃO

— Obrigada.

Anahi tentou se acalmar. Sentia-se excitada com aquela perseguição. Nunca tinha feito algo parecido. Naquele momento, teve certeza absoluta de que estava desesperada por uma história qualquer, precisava de dinheiro, de alguma coisa no currículo que pudesse ter na manga para a hora de uma entrevista. Somente suas notas da graduação não bastavam. Nem mesmo o elogiado estágio que tinha feito parecia contar para melhorar a sua situação. Quando viu o taxímetro marcando o valor que teria de pagar, soube que estava a ponto de quebrar financeiramente. Se não tivesse algum tipo de sucesso naquela noite, acabaria dando adeus ao sonho de viver na capital. Logo teria de voltar para o convívio dos pais. Talvez não fosse má ideia, no entanto, ainda não queria desistir da possibilidade de se tornar uma jornalista profissional.

Os *skinheads* subiram a lomba da rua Prof. Oscar Pereira e estacionaram nas redondezas do cemitério da Santa Casa. Anahi pediu para o taxista parar. Os três desceram do carro e sorrateiramente se aproximaram de um muro alto, onde havia uma porta com grades de ferro. Um deles testou a maçaneta, que se abriu. Entraram olhando para os lados para verificar se alguém os observava. Não tinham percebido Anahi e o taxista, estacionados, espionando o trio embaixo de sombras escuras de árvores.

— Quanto deu? — perguntou Anahi.

— Você está pensando em entrar no cemitério, moça?

— Vou pegar aquele safado.

— Não é melhor ligar pra polícia? É contra a lei invadir cemitérios fechados.

— Fica frio. Não vai acontecer nada de mais. Toma. Pega vinte, não precisa me dar troco.

MISTÉRIOS DA MEIA-NOITE

Anahi abriu a porta do táxi.

— Mas a corrida foi trinta reais, moça.

— Ah... Tá bom — Anahi pegou o valor que faltava e inteirou na mão do taxista.

— Você não prefere que eu espere por você?

— Não. Tudo sob controle. Pode ficar tranquilo.

Anahi atravessou a rua e caminhou rente ao muro do cemitério até a porta. Antes de testar a maçaneta, espiou por entre o gradil de ferro. Lá dentro, viu mausoléus, sepulturas e árvores de copas frondosas esvoaçando com o vento, que aumentava de forma gradual. As nuvens se aglomeravam no céu, prometendo uma tempestade. Não viu sinal dos *skinheads*.

A maçaneta se movimentou com uma leve pressão e a porta rangeu um pouco quando Anahi a abriu. Por mais um instante, ficou ali decidindo se devia encarar aquela empreitada ou se o melhor seria desistir e voltar. Estava adentrando terreno perigoso. Precisava tomar muito cuidado. Pegou o celular na mão esquerda para ligar a lanterninha e, na mão direita, um *spray* de pimenta. Já tinha usado esse aparato uma vez quando um sujeito tentara passar a mão no seu corpo sem permissão.

Anahi caminhou entre as alamedas repletas de mausoléus de todos os tamanhos, alguns mais imponentes e outros um pouco mais simples. Protegiam as ossadas das famílias da alta sociedade porto-alegrense, desde políticos e militares famosos até a elite burguesa que comandava a cidade desde a segunda metade do século XIX.

Dentro daqueles muros, Anahi percebia uma espécie de opressão. O ar era pesado e congelante. Ela tremeu, podia ser o frio, mas começou a admitir que pudesse ser simplesmente medo. A jornalista decidiu enfrentar o sentimento que minava a sua alma, dizendo para si mesma que a sensação logo

DUDA FALCÃO

passaria. Quando adentrou um pouco mais o cemitério, viu algo realmente estranho. Um fenômeno singular que nunca presenciara. Pequenas bolas de fogo azuis flutuando entre os mausoléus e alamedas. Seria fogo-fátuo? – Anahi indagava-se espantada. Dava para ver que algumas brotavam de frestas no chão de pedra das ruas do cemitério. Ela fotografou com o celular. Passou ao lado de uma das bolas, que, apesar de parecer fogo, não era nem quente, nem mesmo fria. Tinha aspecto de um globo ocular. A sensação de ser observada a incomodou profundamente. Dessa vez, quase decidiu abandonar a sua empreitada. Então, ouviu mais adiante um burburinho de pessoas conversando. Ela desligou a lanterna do celular, se afastou dos fogos-fátuos e ficou escondida atrás de um túmulo que servia de base para a escultura de um anjo em mármore.

Anahi contou cinco pessoas. Duas delas vestiam mantos escuros, e os *skinheads* começaram a se vestir com aquelas indumentárias também. No chão de pedra da alameda, havia dois lampiões fornecendo luz, um grande saco de estopa com alguma coisa dentro e correntes de ferro empilhadas. Símbolos desconhecidos para ela haviam sido pintados com uma tinta vermelha sobre as pedras. Lembravam signos do zodíaco, mas não eram as mesmas representações. Disso ela tinha certeza, pois já fizera mais de um mapa astral.

A atenção de Anahi se voltou para uma enorme adaga na mão de um dos encapuzados. Não dava para enxergar o rosto do indivíduo. Os outros puxaram de dentro do saco de estopa algo peludo e pesado. Jogaram o animal inerte sobre os símbolos pintados no chão. Era um bode, os olhos ainda pareciam conter algum traço de vida. Anahi não soube interpretar se já estava morto ou se tinham injetado algum sedativo nele.

— Padrinho, a meia-noite se aproxima!

MISTÉRIOS DA MEIA-NOITE

O homem chamado de padrinho e com a adaga na mão a aproximou da garganta do bicho indefeso. Anahi colocou a mão sobre a boca quase gritando um *não!* A mulher deixou o celular cair no chão, fazendo barulho. Dois dos *skinheads* escutaram a queda do aparelho e foram na direção do ruído. A jornalista começou a correr pelo mesmo caminho de onde tinha vindo. Ela podia escutar os passos deles perseguindo-a em correria desabalada. Sem luz para se orientar, entrou em uma alameda errada e acabou atingindo um caminho sem saída. Quando se virou para retornar, um dos *skinheads* estava bem perto, a menos de dois metros dela.

— Quem é você? — o sujeito perguntou.

Ele vinha com um canivete na mão, se aproximando lentamente, passo a passo.

— Eu...

Anahi não sabia o que dizer, mas apesar de ter deixado o celular cair, ainda tinha em seu poder o *spray*. Ela deu um passo rápido para a frente e apertou a válvula, acertando o gás bem nos olhos do *skinhead*. Ele deixou a arma cair, gritou e levou as mãos aos olhos, na tentativa de diminuir o desconforto e a ardência insuportável. A mulher passou correndo ao lado do careca e ainda o empurrou para que caísse no chão. O coração de Anahi parecia saltar pela boca de tão acelerado.

Ela enxergou a porta de ferro que conduzia à saída. Faltavam somente alguns metros para escapar. De súbito, um dos *skinheads* saltou sobre a jornalista, surgindo de trás de um dos mausoléus. O tombo fez com que sua lombar doesse e um dos cotovelos ficasse lanhado, mesmo com a proteção da jaqueta de couro, que rasgou naquele ponto. O sujeito magro e ágil deu um soco no rosto de Anahi, que apagou por uns minutos.

Quando a jornalista voltou a si, estava jogada ao lado

DUDA FALCÃO

do bode, que sangrava pela garganta aberta. Ela viu o rosto de um homem branco, velho e de olhos bem azuis a encarando. Ele levantou a adaga no alto, pronto para matá-la. Atrás dele, algo se agigantava. Era uma cobra fantasmagórica repleta de olhos que se moviam pelo interior de seu corpo aquoso. Aqueles olhos vivos e inquietantes eram os fogos-fátuos com que ela se deparara há pouco. A jornalista sentia-se como se estivesse em um pesadelo. Colocou a mão sobre o rosto para se defender do golpe perfurante da adaga.

Por sorte, o velho encapuzado foi derrubado por alguém. Um homem que vestia um sobretudo de couro marrom surgiu do nada. Talvez estivesse escondido, aguardando a hora certa de atacar. Anahi rolou para o lado quando percebeu que a cobra gigante, transparente como as águas azuis de um mar limpo, pretendia abocanhá-la. Os dentes afiados do monstro morderam o corpo do bode morto. As mandíbulas pressionaram os ossos do animal, quebrando-os. A força era tal que a espinha se dobrou, fazendo um barulho desagradável. Poucos segundos tinham sido suficientes para que a criatura engolisse o sacrificado.

A confusão estava instaurada. Dois *skinheads* foram pra cima do sujeito que atacara o velho encapuzado. Os outros dois seguravam correntes de ferro entrelaçadas, que mais pareciam uma enorme rede. Pairava a dúvida em seus semblantes. Não sabiam se ajudavam o velho ou tentavam capturar o monstro. Sim, era isso o que eles pretendiam, concluiu Anahi. Prender o monstro. A indecisão daquela dupla de *skinheads* era tudo o que ela precisava. Não tinha muito com o que lutar, mas, naquela hora, qualquer coisa serviria. Colocou a mão no bolso da jaqueta e agradeceu por não ter perdido a sua caneta tinteiro quando foi capturada. Levantou-se e, com um golpe violento, fincou a ponta da caneta no rosto de um dos *skinheads*. O careca

MISTÉRIOS DA MEIA-NOITE

soltou a rede e gritou, chamando a atenção da criatura, que voltou todos os seus olhos para ele. A jornalista podia enxergar o bode estraçalhado dentro da garganta inchada e transparente da cobra. A bocarra voraz abocanhou a cabeça do *skinhead* atingido por Anahi. Logo o corpo foi separado da cabeça, deixando espirrar uma considerável quantidade de sangue. O outro, apavorado, soltou a rede e começou a fugir antes que seu destino fosse o mesmo.

O homem do sobretudo acertou um soco de direita no rosto do velho e se desvencilhou de outro *skinhead*, que tentava agarrá-lo. Mesmo assim, levou um chute na barriga do *skinhead* remanescente. O golpe o afastou do velho encapuzado. O mesmo capanga pegou o seu padrinho pelos braços e o ajudou a levantar. Os dois começaram a fugir quando perceberam que não conseguiriam mais capturar a serpente ensandecida. O sujeito com ares de herói foi impedido de persegui-los pelo *skinhead* que deu uma gravata em seu pescoço, tentando sufocá-lo.

A criatura começou a se afastar rapidamente por uma das alamedas que conduziam para a outra extremidade do cemitério. Anahi pegou uma pedra solta de uma lápide e espancou o neonazista na têmpora. O *skinhead* desabou, perdendo os sentidos. O homem do sobretudo caiu junto com ele e se soltou daquele poderoso abraço. Ficou de joelhos, passou a mão no pescoço e tossiu, sentindo o ar voltar aos seus pulmões.

— Você é durona — ele disse.

— Sou sim — Anahi disse, tentando demonstrar convicção. — O que você faz aqui? — perguntou apontando um dedo acusador para ele.

— Calma, garota. Eu salvei você. Já esqueceu?

— Não esqueci. Mas você veio assim, do nada, e além do mais, não preciso ser salva por ninguém.

— Dá próxima não vou interferir. Prometo.

— Admito que eu estava em uma enrascada. Mas também livrei você.

— É verdade. Obrigado por me salvar. Parece que fazemos uma boa dupla. — O homem sorriu e levantou alisando o pescoço, que tinha ficado roxo. — Eu persigo a pista desses caras há um bom tempo.

Anahi estava tensa, com as mãos sobre a cabeça, tentava raciocinar.

— Que coisa fantasmagórica era aquela?

— Melhor você não saber.

— Ah, eu quero saber sim. Quase morri por causa disso.

— Era um boitatá.

— Você tá louco, cara.

— Eu avisei que era melhor você não saber.

O diálogo dos dois foi interrompido pelo barulho de sirenes.

— A polícia tá chegando... Vamos dar o fora!

O homem estendeu a mão para Anahi. Ela ficou em dúvida se devia aceitar acompanhá-lo.

— Não confia em mim?

— Não confio em estranhos.

— Meu nome é Ébano e o seu?

— Anahi.

— Bela flor do céu, não é mesmo?

— Parece que você conhece um pouco de tupi-guarani. Espere... Preciso pegar meu celular. — Anahi encontrou o aparelho caído ao lado da escultura do anjo de pedra e depois pegou na mão de Ébano. Era áspera e forte.

Ébano a conduziu pelo caminho oposto da entrada. Foram correndo. O sujeito era alto e magro. Se fosse mais velho,

MISTÉRIOS DA MEIA-NOITE

Anahi diria que tinha vivido a juventude nos anos setenta, mas devia ter no máximo vinte e seis anos de idade. Ele usava um grande penteado *black power*. Quando chegaram perto de um dos muros, Ébano subiu em um túmulo, depois pulou para cima do telhado de um mausoléu. Mais uma vez, estendeu a mão para Anahi.

— Vem que eu te seguro.

Anahi seguiu os passos do homem. Do telhado do mausoléu, puderam ver, na outra extremidade do cemitério, três policiais entrando pela porta que Anahi havia chegado.

— Como eles souberam que acontecia alguma coisa aqui?

— Acho que o taxista que me trouxe ao cemitério pode ter chamado a polícia, mas não tenho certeza.

Ébano não disse nada. Apenas deu continuidade à fuga alcançando o topo do muro. Anahi fez o mesmo. Ele se dependurou no tijolo, esticando os braços o máximo que podia. Depois se soltou, aterrissando com a graciosidade de um gato na calçada.

— É alto — disse Anahi.

— Eu pego você. É só descer com cuidado.

Anahi tentou imitar mais uma vez os passos de Ébano. Quando pulou, ele a segurou. Os dois caíram sentados no chão, mas sem se machucarem.

— Tudo bem? — Ébano perguntou.

— Tudo.

Os dois se olharam nos olhos, praticamente abraçados. Anahi se afastou e levantou-se primeiro.

— Eu te dou uma carona. É melhor não dar sopa aqui — disse Ébano depois de levantar e enquanto limpava com as mãos a poeira das calças.

Antes que Anahi pudesse responder que não queria uma

carona, lembrou que não tinha mais dinheiro. Ir para a casa a pé não era a melhor pedida naquele horário, ainda mais depois de tudo o que acontecera. Aceitou e agradeceu.

Ébano foi na frente, atravessando a rua. Quando os dois chegaram à esquina oposta ao cemitério, ele subiu em uma moto.

— Sobe aí.

Anahi subiu na garupa. Agora ela tinha uma história incrível e real para publicar. Pensou em dar um novo nome para o seu *site*. O intitularia de Mistérios da Meia-Noite. Era naquela badalada fatídica que o feiticeiro havia conjurado o boitatá. A jornalista se perguntava quantas outras criaturas fantásticas não saíam de seus covis naquela hora mágica e sobrenatural. Investigar o desconhecido se tornou um verdadeiro objetivo em sua vida a partir daquele momento.

Ébano girou a chave na ignição da moto e desceu o morro do bairro Azenha em direção à Cidade Baixa, conforme a orientação de Anahi. Lamentou-se por não ter pegado o padrinho. Mas agora, ao menos, conhecia o rosto dele. O problema é que ele também tinha visto o seu. Dois inimigos ocultos se encontraram face a face. Um representando o caos e o outro, a ordem. Se os planos do padrinho se concretizassem, coisas muito ruins aconteceriam na cidade e poderiam se espalhar como peste por todos os lugares. Os neonazistas estavam se armando até os dentes para evocar o ódio, a intolerância e também abomináveis criaturas sobrenaturais para servir em sua marcha do horror, do medo, da tortura e da morte. Porém, mesmo na escuridão, era possível encontrar a luz. Anahi aparecera no destino de Ébano para lhe dar força naquela luta contra o mal. Sobre a moto, os dois sentiam o ar gelado da madrugada de Porto Alegre tocar em suas faces. O futuro se avizinhava incerto e perigoso.

MISTÉRIOS DA MEIA-NOITE

O ESPÍRITO DO MAMUTE

MESMO SENDO O MAIS VELHO DA MANADA, A FORÇA DE SUAS PRESAS JOGOU MAOKI LONGE. A fera se desgarrara do grupo dos animais jovens e lutava pela sua sobrevivência. Movimentou a cabeçorra outra vez, de maneira abrupta e violenta. Dessa vez, acertou com a potente tromba um caçador, arremessando-o para o alto. O tombo na neve não amenizou a queda desajeitada do inimigo.

Gondor conseguira escapar daquele golpe por um triz. Porém, o seu irmão não tivera a mesma sorte. Agora gritava de dor ao sentir sua espinha partida. Inflamado pela raiva, o homem se preparou o melhor que pôde e arremessou sua lança, endereçando-a para o olho do animal. Ele mesmo esculpira a melhor ponta de pedra para a arma. Afiada como nenhuma outra que já fizera, penetrou o globo ocular e atravessou o cérebro da criatura. Em um último movimento desesperado, o mamute empinou, tentando acertar com as suas patas o agressor. Gondor rolou para o lado, evitando o golpe. O gigantesco ser peludo de imensas presas tombou, caindo sobre dois familiares do lanceiro. O corpo tremeu com um último espasmo decretando a sua morte.

Os gemidos dos sobreviventes se confundiam com o vento forte que começara a castigar os caçadores. A neve se tornara mais densa e Gondor se arrependera de ter seguido aquela criatura tão longe do acampamento. Estavam a quase um dia de viagem da caverna em que haviam se instalado com o clã. Tinha alertado Maoki sobre os perigos de uma iminente tempestade, mas o parente não o escutara. Estava mais interessado em fazer com que sua autoridade sem limites prevalecesse. Gondor, resignado, sabia que, em algum momento, a natureza os castigaria pela imprudência. Não havia como voltar sem enfrentar uma nevasca. Seriam congelados pelo frio e soterrados pela neve. De nada valia o esforço de ter caçado aquele imponente animal sem poder transportá-lo para o abrigo. O corpanzil imenso necessitava ser levado aos pedaços, enquanto algumas partes permaneceriam no gelo até que pudessem voltar para pegar toda a carne.

Gondor ouviu o irmão chamando-o pelo nome. Correu até ele e agachou do seu lado, colocando a mão esquerda sob o pescoço. Os olhos de Nakir pareciam olhar para o nada. Um derradeiro e fraco suspiro o deixou vazio. Morto. Gondor sentiu uma lágrima gelada escorrer pelo rosto. O seu pequeno irmão partira para a terra das pastagens verdes, das árvores com frutos abundantes e dos lagos aquecidos. Não precisaria mais sonhar acordado como Gondor sonhava. O caçador sempre se lembrava com nostalgia do tempo em que era pequenino, naquela época pouco sabia lidar com uma lança, e o mundo ainda preservava uma temperatura quente e agradável. Agora já perdera a conta de quantos ciclos lunares se passaram desde que o inverno se tornara intransponível. O clã marchava sempre em direção ao pôr do sol e ao Sul, seguindo as manadas dos grandes mamíferos.

Deitou com leveza a cabeça do irmão na neve e levantou para verificar como estavam os outros. Dois de seus primos estavam parcialmente debaixo da fera morta. Gondor se

DUDA FALCÃO

aproximou deles. Logo percebeu que os ossos da face do mais imaturo haviam afundado, deixando o rosto desfigurado. Ele não se mexia. Mais um defunto, concluiu o caçador. O outro gemia de dor. O lanceiro o pegou pelo braço e começou a puxá-lo, libertando-o do corpo imenso que o aprisionava. Um osso exposto se destacava da perna esquerda de Loyri.

— Tenha calma! — disse Gondor para o companheiro, que não emitiu palavras, apenas grunhidos de dor.

Gondor foi até Maoki, que tinha sido arremessado longe pelo mamífero. Encontrou o líder com um buraco no meio do peito. Sem dúvida, fora atingido por uma das presas do animal, que devia medir duas vezes o seu próprio tamanho. Aqueles dentes eram como poderosas lanças. Os olhos de Maoki estavam arregalados. O susto da morte o aterrorizara, pensou o caçador. A liderança arrogante do parente os levara para aquele destino fúnebre. O vento se tornou ainda mais violento anunciando a prometida tempestade. Logo ele e Loyri, os únicos sobreviventes, seriam congelados pelo clima hostil.

O caçador agiu por instinto. Os dois precisavam se abrigar em algum lugar para que pudessem sobreviver. Pegou sua afiada faca de obsidiana que carregava amarrada em torno da cintura. Sem explicar suas intenções ao parente que choramingava de dor, devido à perna quebrada, começou a cravar a adaga na barriga do mamute. O pelo espesso e a carne resistente dificultaram seu trabalho. Ao menos a adrenalina do combate e da tarefa mantinham o corpo de Gondor aquecido.

Então, as entranhas do animal começaram a escorregar do grande corte horizontal aberto pelo homem. O cheiro ruim invadiu as suas narinas, mas já estava acostumado com o fedor de carniça. Aquela não fora uma tarefa rápida. Olhou para o lado, pois os gemidos haviam cessado. O primo perdera

O ESPÍRITO DO MAMUTE

muito sangue e não resistira ao grave ferimento. Gondor estava sozinho.

A nevasca chegou com um vento voraz que atravessava a pele de Gondor como se fossem mil dentes afiados de tubarão. Não era possível enxergar a mais do que um metro de distância. O caçador entrou na barriga do mamute, procurando lugar entre as vísceras, as costelas e os órgãos internos. Ele se acomodou de maneira que sobrou somente um pequenino espaço aberto no ventre, para que pudesse respirar. O sangue quente e a pelagem do animal o protegeram, o abrigaram como uma caverna, um verdadeiro lar. O corte, como se fosse um olho para o exterior, permitia ver a brancura da temível tempestade. Com o corpo e a mente estafados, Gondor deixou-se carregar pela inconsciência.

O homem sonhou com uma cachoeira que precipitava sobre um lago quente em um lugar repleto de árvores. Seus pés caminharam por folhas verdes e secas, sentindo o aroma profundo de flores e frutas. Escutava distante o zunir de insetos e o canto de aves. Ouviu vozes conhecidas de seus parentes. Foi na direção delas e encontrou a boca de uma caverna. Na entrada, um velho mamute o esperava. Sem ódio nos olhos, sem fúria para defender a própria sobrevivência. Gondor se aproximou e levantou a mão na direção do mamífero. O animal retribuiu com o movimento da tromba, tocando os dedos do homem, e depois entrou na caverna. O caçador seguiu o mamute penetrando na escuridão. Nenhuma tocha, nenhuma voz, nenhum barulho, nada. Apenas a suspensão do tempo. Um tempo que não podia ser medido em ciclos lunares ou do sol. Era como um vazio eterno.

O caçador abriu os olhos e viu uma fogueira. Estava deitado ao lado dela e os seus parentes se agitaram quando ele acordou. Vibraram ao ver que Gondor retornava à consciência.

DUDA FALCÃO

Ansiosos, queriam conversar com ele, relatar como fora a procura que tinham realizado pelo grupo de caçadores, saber como havia sido a caçada do poderoso animal que os abatera, dizer como tinham chegado em um lugar menos frio e com recursos abundantes.

Mesmo com todos os músculos doendo, Gondor se esforçou para levantar da sua cama de peles. Foi até o curandeiro e pediu permissão para utilizar suas tintas. Molhou as pontas dos dedos e começou a pintar na parede da caverna o mamute e os companheiros de caçada, enquanto contava como tudo tinha acontecido. Os parentes o escutaram com atenção durante horas.

— A carne e o espírito do mamute me salvaram. O animal deve ser respeitado, assim como toda a natureza, que nos fornece sustento e nos proporciona continuarmos vivos — concluiu Gondor.

O clã, embevecido pela narrativa do companheiro, ergueu templos em nome do espírito do mamute e, sob sua égide, durante séculos, sobreviveu ao ataque de inimigos ferozes e sanguinários de outras tribos que se espalharam pelo Novo Mundo.

In: Casa Fantástica.
Bento Gonçalves: Flyve, 2019.

O ESPÍRITO DO MAMUTE

HYLANA E O ORBE DO FEITICEIRO

A GAROTA SALTOU DO ALTO DE UM BARRANCO. Corria com a máxima velocidade que as pernas ágeis lhe permitiam. Dentro de um saco de couro que levava às costas, escondia um item pesado. Não ousou olhar para trás, mas sabia que alguma coisa permanecia em seu encalço.

O sobrado de pedra de onde ela fugia estava, no máximo, distante meio quilômetro. Acima de sua cabeça, um farfalhar de asas denunciou a chegada do inimigo. Foi obrigada a desembainhar sua *katana* amolada.

Com a espada na mão, era mais difícil correr. Tomou uma decisão: deveria enfrentar a criatura. Estacou ao lado de um grande jatobá na beira da floresta. A cor de mercúrio da lua, em fase crescente, iluminava a noite.

Para azar de Hylana, não era apenas uma criatura que a perseguia, e sim duas gárgulas. Encontravam-se pairando no ar, a uns quatro metros acima da garota.

Apontando um dedo ameaçador, provido de uma garra afiada, uma delas disse, com voz grotesca:

— Responda agora. Qual o antídoto?

— Não conheço o antídoto. — Hylana as desafiou em posição de combate.

— Então sofrerá — decretou a outra, voando na direção da aventureira.

A garota era jovem, mas sabia como lidar com uma espada afiada. Era como se dançasse ao executar seus golpes. Mostrava toda a técnica que tinha aprendido com o mestre.

Sangue negro espirrou da garganta de uma das criaturas que, ao cair no gramado, transformou-se em uma simples estátua de pedra. Não passava de mais uma das feitiçarias de Ansalon. A outra inimiga era bem mais arisca, avaliou Hylana.

A gárgula, dispondo de toda a agilidade que foi possível, agarrou o calcanhar da garota e a derrubou. Com o baque, a mão que segurava a *katana* afrouxou. A fugitiva ficou sem sua mais valiosa arma. A criatura voou bem alto, indo na direção do sobrado. Por sorte, o saco de couro que carregava se manteve fixo às costas devido a uma cinta que o prendia.

Um velho vestindo um manto roxo galopava em um *croax*, montaria originária dos pântanos do Norte. Ele apeou do animal ao ver sua serva se aproximar. A criatura voadora mantinha Hylana de cabeça para baixo. Estavam a dois metros de altura do chão.

O homem, com os olhos injetados de sangue, colocava a mão na garganta. Tinha imensa dificuldade para falar.

— Qual o antídoto, Hylana? Diga-me — implorou o homem, o rosto voltado para cima.

— De jeito nenhum — disse a garota, de cabeça para baixo.

— Por quê? Por que fez isso?

Ele caiu de joelhos no terreno embarrado.

—Você me enganou, feiticeiro. Assassinou meus pais — vociferou Hylana, com lágrimas nos olhos.

— Você está enganada. Não fui... não fui eu. — O feiticeiro, envenenado, desabou.

A criatura, ao presenciar a morte do mestre, transformou-se em pedra. O feitiço se desfez ao mesmo tempo em que a essência vital deixara o criador. O monstrengo rachou em diversos pedaços ao cair no solo. Hylana sofreu apenas alguns arranhões quando aterrissou com grande agilidade sobre o barro da estrada.

A garota limpou o choro que inundava a face branca. Os olhos puxados e castanhos estavam vermelhos, revelando tristeza naquele rosto exótico e belo, capaz de despertar grande interesse nos homens.

Não olhou para o feiticeiro, que jazia inerte. Queria partir logo, aquele lugar lhe trazia recordações da infância. Ela se apoderou da bizarra montaria do velho. Colocou o pé no estribo e se acomodou sobre a cela. O feiticeiro não precisaria mais do *croax*. Então, se dirigiu até o local onde perdera a sua espada, ao lado do jatobá, e a recuperou, guardando na bainha.

O trajeto até a cidade de Carmal demoraria horas. Lá planejava negociar o item roubado, que carregava no saco de couro. Já tinha um comprador interessado. Por isso, seguiu em frente. No entanto, percebeu que tanto ela quanto a montaria estavam exaustas. Era madrugada quando teve de parar para descansar. Hylana, com as coxas doloridas, se acomodou na borda da Floresta dos Desejos. Próxima das árvores poderia se manter oculta de viajantes.

Com suas patas de potentes garras, o *croax* escarafunchou a terra em busca de minhocas. O pescoço longo da montaria terminava em uma cabeça semelhante à do sapo. De vez em quando a cauda comprida balançava para espantar alguns insetos atrevidos que insistiam em pousar na sua pele lisa. Na ponta da cauda, três ossos em formato de espinhos se destacavam.

HYLANA E O ORBE DO FEITICEIRO

A Estrada Velha, caminho utilizado por Hylana, ultimamente não recebia muitos comerciantes. Desde que o governante da cidade de Carmal adoecera, os negócios haviam minguado. Um clima de incerteza e angústia pairava sobre os súditos. E os estrangeiros não queriam se arriscar em uma cidade sem segurança adequada.

De um pequeno bolso das calças, a garota pegou um pedaço de pão com carne para aliviar a fome. Apoiada em uma árvore imponente e retorcida que parecia atingir o céu, sentou-se para comer e descansar. A montaria, depois de encontrar alimento e se empanturrar, deitou ao seu lado.

Após o parco lanche, Hylana se atreveu a abrir o saco de couro. Pela segunda vez, em menos de vinte e quatro horas, viu o brilho mágico daquele item maravilhoso. Antes que ficasse deslumbrada com o poder do objeto, parou de olhá-lo. Adormeceu sem sonhos, não queria pensar na morte do feiticeiro traidor, nem mesmo na morte dos pais ocorrida quando ainda era criança.

A garota acordou quando ouviu gravetos estalando no meio do mato. Colocou-se de prontidão no mesmo instante. Um pequeno humanoide corria floresta adentro, levava consigo o saco de couro. Ela amaldiçoou a si mesma por ter desatado a cinta que o prendia às suas costas.

— Pare aí — ordenou, sem sucesso.

Foi à captura do ladrãozinho. A pele rosada da criatura e o estardalhaço com que se movimentava denunciava seu paradeiro. Hylana tinha olhos de águia, não perderia sua caça na floresta.

A garota estava muito próxima de pegá-lo:

— Pare. Ou não vou dar chance de me pedir desculpas. Devolva o que é meu.

DUDA FALCÃO

O humanoide parou. Já não aguentava mais carregar todo aquele peso.

— Pensou que podia escapar, Pele Rosada?

A criatura abaixou as orelhas pontudas como se admitisse o erro. Os grandes olhos lacrimosos demonstravam culpa... Hylana baixou a guarda, imaginando que aquele pequenino, na verdade, não passava de uma criança mal-educada. Relaxou os músculos e, antes mesmo de ordenar que seu objeto fosse devolvido, sentiu algo picar seu ombro. Um espinho havia penetrado a sua carne tenra. Logo em seguida, outro espinho a atingiu, dessa vez no pescoço. Percebeu o mundo rodar.

— O que está... acontecendo? — ela perguntou para a criaturinha. E caiu dura feito um pedaço de tábua nas folhas úmidas da floresta.

Ao acordar, a primeira sensação de Hylana foi a de que estava em um navio. Mas não era nada disso. Estava encarcerada em uma gaiola de madeira que balançava a uns três metros de altura. Cordas a suspendiam rente ao teto de uma caverna.

Aos poucos, se acostumava com a luz bruxuleante de algumas tochas acesas no ambiente abafado. Um clã de criaturinhas rosadas conversava de maneira animada. De cócoras, quatro delas começaram a bater em tambores. Lá do alto, feito um passarinho engaiolado, Hylana sentia o cheiro acre do trago que bebiam.

Aqueles indivíduos deviam estar famintos. Os corpos magricelos exibiam somente ossos sob uma pele seca e esticada. Hylana percebeu que as armas espalhadas pelo ambiente resumiam-se a facas de pedra e lanças toscas.

— Hei, vocês! — chamou a atenção dos sujeitos.

Um deles olhou para cima. Vestia uma tanga, colares, pulseiras e brincos, assim como a maioria. Caminhou entre o

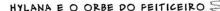

HYLANA E O ORBE DO FEITICEIRO

grupo e cochichou algo no ouvido de outro, que se levantou, com certo esforço, de seu confortável assento de peles. Tratava-se do único provido de uma pança bem redonda. Ele assoprou um chifre. Os percussionistas estacaram o som de seus tambores e as outras criaturinhas emudeceram.

— Vejam, caros familiares — disse o barrigudo, que devia medir no máximo noventa centímetros de altura.

Os rosados olharam para o alto, na intenção de encarar Hylana.

O líder, agasalhado com retalhos de peles surradas, continuou:

— Nosso alimento fala. Não é interessante? Humanos são raros em nossas ceias.

— São mesmo, magnânimo — responderam balançando as cabecinhas de olhos lacrimosos e dentes afiados.

— Faz tempo que o Grande Clã dos Rosados não digere algo falante. Vai ser uma delícia, não?

— Vai — concordaram, eufóricos.

— Olhem bem para mim — gritou Hylana. — Eu sou magra. Não serei um bom prato. Podem crer, não sou apetitosa.

— Não diga isso, alimento falante. Você cheira muito bem. Já estamos preparando o fogo pra assar sua carne branca — disse o chefe, com autoridade.

Uma fogueira foi acesa. As chamas logo assariam a aventureira. Ao menos as labaredas iluminaram um canto da caverna, revelando o saco de couro e a *katana* de Hylana.

Arrebentar aquela gaiola de madeira não parecia o mais difícil. Para falar a verdade, o cárcere estava vergando com o seu peso. O problema seria dar cabo de tantos inimigos ao mesmo tempo.

Antes que o líder ordenasse a retomada da percussão,

DUDA FALCÃO

Hylana tentou uma última jogada. Não queria destroçar a gaiola e cair sobre a cabeça dos inimigos sem ter certeza de que era a solução derradeira.

— Posso oferecer algo muito melhor do que minha carne seca — disse a garota.

— Eu duvido! — retrucou o chefe.

— Vê meu saco de couro? Dentro dele tem uma iguaria preciosa. Tão preciosa que, para recuperá-la, me arrisquei perseguindo um de vocês.

— É verdade. Ela me perseguiu como se tivesse algo muito saboroso lá dentro.

— Devíamos ter imaginado isso antes. Uma iguaria sempre vale o risco. Glup, pelo ato de trazer o alimento falante e a iguaria até nós, você será o homenageado desta noite — sentenciou o líder, satisfeito.

Todos na caverna aplaudiram.

Hylana estava perdendo a paciência.

Assim que os aplausos terminaram, ela os desafiou:

— Abram o saco e todos vocês poderão saber do que se trata.

— Pegue, Glup — ordenou o chefe, sem titubear.

A criaturinha rosada abriu e de lá retirou o item que brilhava como uma estrela. Hylana fechou os olhos e torceu para que todos permanecessem fascinados pelo orbe. Depois de alguns minutos intermináveis, a garota levantou as pestanas. Ela sabia que o objeto não podia ser contemplado durante muito tempo, qualquer indivíduo de vontade fraca corria o risco de ter a mente sugada. O orbe pulsava à semelhança de um coração e, de vez em quando, mudava de cor.

Àquela altura, os rosados já estavam em total sintonia com o item maravilhoso. O silêncio dentro da caverna era

HYLANA E O ORBE DO FEITICEIRO

sepulcral. Podia ser ouvido o crepitar da lenha, a respiração asmática do clã e a palpitação sutil que o orbe emitia.

Hylana, com toda cautela possível, quebrou aos poucos as madeiras laterais da gaiola. Balançou o cárcere para os lados e, quando percebeu o ângulo certo, pulou em cima de várias peles empilhadas no chão.

A aventureira caminhou entre os pequeninos, que não desviavam os olhos lacrimosos e grandes do objeto fascinante. Hylana parecia ter se tornado invisível, nenhuma das famintas criaturinhas queria mais saber dela.

A garota apanhou sua espada e conferiu onde ficava a saída da caverna antes de recuperar o orbe roubado do feiticeiro. Os rosados continuavam em uma espécie de hipnose coletiva. Resistindo à vontade de olhar diretamente para o objeto, a garota orientou-se apenas pelo barulho grave e inebriante que emitia. Guardou-o dentro do saco de couro.

Os pequeninos, ao perderem o objeto de vista, começaram a esfregar os olhos e, quando se deram conta, acharam que haviam acordado de um sonho. Hylana retomou seu caminho, dirigindo-se para a grandiosa cidade de Carmal, capital das estranhas Terras de Lyu, para negociar aquele orbe mágico com um perigoso necromante.

In: Planeta Fantástico - vol.1.
Porto Alegre: Metamorfose, 2019.

BECKY STAR E RONNIE CONTRA O VAMPIRO PSÍQUICO DE SATURNO

Becky Star pousou a Besouro A-1 com suavidade no solo.

— Sem nenhum solavanco — disse Ronnie com a sua voz robótica.

— Isso é um elogio ou você está me provocando?

— Foi bem melhor do que nossa chegada ao espaçoporto da capital de Saturno.

— Você já se esqueceu de todas as avarias que sofremos antes de cair em Tétis? Por sua causa, os danos afetaram também o freio de pouso.

— E bateu naquele transporte de carga.

— De raspão. Um acidente sem vítimas ou feridos. O motorista era um robô obsoleto de primeira geração. Teria sido bem pior entrar no planeta de forma ilegal, pousando em algum lugar ermo.

— Passamos uma semana do ciclo terrestre na cadeia até que pagassem a fiança. Isso não foi bom.

— Não reclame, Lata Velha. Você foi desligado. Nem percebeu a passagem do tempo.

— Eu não gosto de ser desligado. Quero viver todos os segundos da minha vida. E agora, em vez de procurar por Marvin, temos de pagar uma dívida.

— Assim que terminarmos o serviço, estaremos livres para encontrar meu pai.

— Nada impede que tentemos enviar uma mensagem para ele.

— Você ainda não percebeu nossa situação? Estamos nas mãos de Jagal. Não quero correr o risco de que ele intercepte uma mensagem nossa para Marvin. Vamos cumprir nossa parte do acordo e ter carta livre para circular em Saturno. Levanta essa bunda enferrujada daí e me siga.

O corpo metálico de Ronnie tinha o formato semelhante ao de uma esfera repleta de encaixes. Ele pulou da cadeira, impulsionado por duas hastes de metal que imitavam pernas. Um olho em forma de luneta na parte dianteira o orientava. Na parte inferior da estrutura, havia um propulsor, que utilizava somente quando necessário, pois costumava economizar energia. Um pequeno alto-falante, próximo de uma antena de rádio, reproduzia a voz de Ronnie. O cérebro positrônico constituído de platina e irídio ficava protegido em seu interior por uma resistente carapaça de vidro temperado. Seus braços mecânicos eram fortes, mas ele costumava deixá-los guardados dentro do corpo. Só os revelava quando precisava carregar alguma coisa ou realizar reparos.

Os dois passaram por um corredor de teto curvado, com arcos que mais pareciam costelas gigantes. Chegaram à sala dos equipamentos.

— Passaremos as próximas noites ao relento? — perguntou Ronnie.

— Foi como expliquei. Quanto antes concluirmos o trabalho, melhor.

— O orvalho não faz bem para o meu corpo.

— As noites em Saturno são diferentes das da Terra. Você não vai enferrujar tão fácil.

— Você cuida do seu corpo e eu cuido do meu.

DUDA FALCÃO

— Eu sempre cuido de nós dois. Quando foi que deixei você sem manutenção ou em apuros?

— Sem manutenção quando você está sem créditos. E teve aquela vez em Marte...

— Mas eu voltei para buscar você. Não é verdade?

— É. É verdade. Não posso reclamar.

— Não pode, Lata Velha.

Becky não costumava admitir para si mesma ou verbalizar, mas, no fundo, sabia o quanto gostava da companhia do robô. Sem o pai por perto, ele era o seu único amigo.

Ronnie ignorou o tom de protesto da companheira e levou o diálogo para outro rumo:

— Eu gostaria de ter escutado essa sua conversa com o tal Jagal. Pelo que você me contou, ele parecia desesperado em contar com os nossos serviços.

— Queria tudo resolvido para ontem. Do contrário, ele não teria pagado a fiança para uma desconhecida.

— Pelo visto, ele prefere contratar estrangeiros para o negócio. Não tivemos tempo nem mesmo para atualizar meus *softwares*. Só sei o básico sobre Saturno. Espécie dominante, governos e capitais. Eu precisava mesmo era de uma enciclopédia completa.

— Sem créditos não dá para comprar nem arquivos de culinária do planeta.

— Sonhar não custa nada. Ao menos você mandou consertar o sistema de rádio, os propulsores e freios da nave enquanto eu estive desligado. Fez bastante coisa sem minha ajuda. Falta somente pintar o casco.

Depois dessa, Becky preferiu ficar calada. Percebeu a entonação chateada de Ronnie. Como sempre, a garota esquecia ou desistia de investir em novos *softwares* para o robô.

Os programas não eram baratos e sua produção era gerenciada por uma megaempresa vinculada à Federação Solar. Sistemas de proteção impediam a cópia das informações. Dessa maneira, cada cidadão da Federação, se quisesse dispor do conhecimento acumulado, precisava adquirir o seu pacote de informações.

Para complicar mais um pouco a relação entre os dois, o robô demonstrava um desejo constante de saber mais sobre tudo, sobre todo local que visitava. E a palavra *sonhar*, vinda da sua voz mecânica, a deixava incomodada. A garota se perguntava de maneira constante se robôs podiam ter prazer com o conhecimento ou se eram mesmo capazes de sonhar, como uma imitação perfeita de um indivíduo humano.

Becky decidiu deixar as preocupações de sua relação com Ronnie de lado, enquanto vestia uma roupa de tecido resistente utilizada em confecções militares. O corpo magro e comprido dela se ajustava fácil aos modelos. A pequena trança, por sua vez, que despontava de seus cabelos curtos e pintados de azul concedia certo charme ao seu visual. A garota pegou uma pistola de impacto, uma faca, uma tiara eletrônica e um recipiente de conservação dados por Jagal, uma barraca portátil, que entregou para Ronnie, e uma mochila com utensílios de cozinha, que colocou sobre as costas. O ambiente lá fora tinha oxigênio suficiente para não precisar de seu traje de astronauta ou do capacete.

Becky acionou um botão e uma porta se abriu na nave. Uma ponte desceu até o solo. A dupla começou sua caminhada por um campo de vegetação rasteira e amarelada.

— É Jagal que está nos esperando lá? — Ronnie perguntou enquanto olhava para uma nave que pousara a uns cinquenta metros de distância deles.

DUDA FALCÃO

— O que você acha? Deve ser. Ele não nos deixará partir sem cumprir o acordo.

— Foi arriscado negociar com ele.

— Não me orgulho do que teremos de fazer, mas sem dinheiro mofaríamos algum tempo na cadeia até o julgamento. Jagal ofereceu nossa liberdade e, também, uma quantia suficiente de créditos para consertar a Besouro. Sem a nave em condições, não temos como chegar até o meu pai. Isso se conseguirmos encontrá-lo.

— Não perca a esperança. Nós vamos encontrá-lo. Ainda acho que devemos fugir e pronto. Dá tempo de voltar para nave. A Besouro é mais rápida que aquela máquina enferrujada dele.

— Melhor não arriscar. Não tenho ideia da extensão da influência ou do poder de Jagal. Ele pode continuar nos perseguindo e não queremos um inimigo na nossa cola. E você deveria ser melhor observador. Notei na parte inferior do casco um canhão de íon instalado.

— Você tem dois olhos e eu, somente um.

A garota desconsiderou a alfinetada do robô e continuou:

— Talvez Jagal não trabalhe sozinho. Ele pode fazer parte de uma organização criminosa. Isso seria bem pior. Paciência. Agora é tarde demais.

Becky Star e Ronnie continuaram o seu caminho. Com uma bússola e um mapa entregue por Jagal, levariam mais ou menos vinte e quatro horas terrestres para chegar ao destino: uma floresta de árvores milenares do quadrante C-24.

O céu creme de Saturno era atravessado por nuvens horizontais, compridas e alaranjadas. A temperatura estava agradável, em torno dos 28 graus, e o dia, claro. Isso tornava a caminhada mais fácil.

Os anéis brancos como prata e salpicados de azul se destacavam, inclinados em relação ao horizonte. Bandos de aves voavam no alto sem que Becky ou Ronnie pudessem observar com clareza seus detalhes. Conforme avançavam, a vegetação se tornava um prado verdejante. A mais de duzentos metros, enxergaram um grupo de grandes herbívoros pastando. Lembravam vigorosos elefantes, mas de pele roxa e providos de pequenas trombas.

Depois de algumas horas de caminhada, avistaram a floresta. Segundo Jagal, guardas ambientalistas faziam ronda auxiliados por sondas. Era bem provável que Becky e Ronnie fossem avistados em algum momento. Então, a dupla precisava estar preparada.

Quando a garota se aproximou uma dezena de metros das primeiras árvores, decidiu montar acampamento. Até aquele momento, havia comido apenas bolachas e bebido água. Faria uma refeição reforçada e dormiria um pouco antes de se embrenhar na selva.

— Você parece cansada — disse Ronnie. — Podíamos ter vindo de motocicleta.

— Se tivesse combustível.

— Dessa vez, não é minha culpa.

— Relaxa. Não vou reclamar disso. Dentro da floresta, o veículo não nos serviria de apoio. No final, é melhor não chamar atenção mesmo. Ordens de Jagal. Por isso deixamos a Besouro tão longe.

Ronnie se calou e começou a montar a barraca, enquanto Becky preparava uma fogueira para cozinhar a sua refeição. Assim que os dois terminaram os preparativos, Becky sentou sobre a mochila vazia e comeu feijões marcianos com pimenta. Bebeu a única garrafa de cerveja que havia levado e contemplou a natureza que tinha diante de si.

As árvores milenares possuíam os troncos azul-claros e as suas folhas variavam entre tons vermelhos e rosas. Eram colossais. As maiores deviam atingir quase quatrocentos metros de altura e quarenta metros de diâmetro. No interior de uma delas, encontraria o seu objetivo. Estava marcada no mapa entregue por Jagal.

— Bela paisagem — disse Ronnie, sentado ao lado de Becky.

Pequenos pássaros negros voavam entre os galhos e símios pulavam de um cipó a outro. A selva estava pulsando de vida.

— Espero que não seja muito perigoso se embrenhar nessa mata.

— Jagal disse que o principal carnívoro que podemos encontrar é um felino. Eles não costumam se aproximar de humanos.

— E insetos venenosos?

— Não mencionou nada que pudesse me preocupar.

Becky sentiu o efeito da cerveja forte e bocejou. Antes que piscasse mais uma vez de sono, viu uma sonda na borda da floresta. Percebeu um *flash*. Ela e Ronnie estavam sendo fotografados. A máquina voadora semelhante a um disco de metal, com uma antena no topo, voou para longe, saindo do alcance da sua visão

— Nos encontraram — disse Becky.

— E agora? — perguntou Ronnie.

— Agora esperamos. Vou dormir algumas horas. Você faz a vigília?

— Sim. Comandante. — A última palavra carregava um tom irônico que somente a voz eletrônica de Ronnie era capaz.

A garota entrou na pequena barraca e não demorou a dormir. Na frequência do sono profundo, viu a si mesma em um lugar escuro e abafado. Caminhou por um túnel em direção a uma luz opaca. Escutava um gotejar insistente, que ficava mais forte a cada passo. Sua palpitação acelerou quando enxergou uma pessoa presa em uma espécie de casulo, ou bulbo, de uma planta venusiana. Apenas a cabeça e o pescoço estavam de fora daquela coisa que pulsava como se tivesse vida, como se fosse um coração. A face inconfundível de Marvin expressava horror. Quando ele a encarou, deu um grito de socorro. Becky acordou suando aos borbotões.

Ao despertar do pesadelo, se deu conta de que uma forte luz incidia sobre os seus olhos. Uma lanterna apontava para ela. Protegeu-se da luminosidade com uma das mãos.

— Onde está você, Ronnie?

— Ele está comigo, moça. — Era a voz de um homem. — Saia da barraca para que possamos conversar.

O sujeito afastou o facho de luz. Becky fez como ele ordenou, deixando a segurança do refúgio sem carregar nem mesmo a pistola de impacto. Lá fora parecia mais escuro do que nas horas anteriores, mas não dava para dizer que a noite plena chegara.

— Quem é você? — Becky perguntou.

— Sou guarda florestal. — O homem mostrou um crachá pendurado no pescoço.

O sujeito vestia uma roupa escura, na cintura carregava uma pistola *laser* e outra de impacto. Era um humanoide de Saturno. A pele amarelada e os olhos alaranjados não deixavam dúvida. Os daquela espécie costumavam ser compridos e altos. Ele media mais ou menos dois metros e dez de altura. Parecia um gigante ao lado dela.

DUDA FALCÃO

— Documentos, por favor! — ele solicitou com educação.

Becky abriu o zíper de um dos bolsos de sua blusa e pegou o seu cartão de identificação, entregando-a ao guarda.

— Vinte e um anos. Terráquea. — O homem a encarou.

Na verdade, Becky recém-fizera dezessete. A identidade fora adulterada pelo pai, para que pudesse pilotar a Besouro e circular sozinha, caso necessário, pelos planetas aliados da Federação Solar.

— Sou da Terra.

— O que você veio fazer aqui nessa região?

— Sou fotógrafa. Meu robô é um modelo F-6, última geração e especialista em fotografias.

— Sou bom nisso — interveio Ronnie.

Becky olhou para o robô com cara de braba e ele se calou.

— Costumo vender meus trabalhos para a Titã, empresa da Federação Solar que gerencia a Magna Enciclopédia — disse a garota, olhando para o inquisidor.

— Noventa e nove por cento da vida neste setor já foi catalogada.

— Procuro pelo um por cento restante.

— Aguarde alguns instantes.

O saturniano se afastou, caminhando na direção de uma moto antigravitacional. Pegou um rádio e chamou por um companheiro da central. Ele olhava para o cartão de identificação de Becky. O sujeito ditou o número da inscrição dela. Pouco depois, voltou para conversar com a garota.

— Você esteve presa no cárcere do espaçoporto.

— Infelizmente. Por um descuido na aterrisagem. Os freios de pouso da minha nave estavam avariados e acabei batendo em um transporte de carga.

— E acabou com um robô de primeira geração — lamentou-se Ronnie.

Mais uma vez, Becky olhou com expressão de quem não gostou da observação e continuou:

— Para sair, precisei pagar uma fiança. Estou lisa. Sem créditos. Por causa disso, preciso trabalhar com urgência. E aqui me pareceu um lugar perfeito para começar, seu guarda.

— Sua licença com a Titã está em dia. Verifiquei isso também.

Ele entregou o cartão de identificação para Becky.

— Pode ingressar na floresta. Tenha cuidado com os felinos. Você trouxe uma arma de impacto?

— Trouxe.

— Somente elas podem ser usadas. Mas, de preferência, evite a utilização. Não queremos animais feridos.

— Eu evitarei.

— Não se esqueça de preservar a floresta. Se precisar, me chame via rádio utilizando a frequência do quadrante C-24.

O guarda se afastou sem dizer o nome. Subiu no veículo e partiu com velocidade para outro ponto na borda da selva.

— Agora que já nos apresentamos, podemos levantar acampamento, Ronnie. Temos entrada livre.

— Certo, comandante. Você é quem manda.

Logo Becky e Ronnie caminhavam entre as árvores milenares. Algumas delas eram centenárias, outras ainda estavam nos seus primeiros anos de vida. Passar próximo às maiores sempre causava admiração na garota. Trepadeiras escarlates, com cipós largos e folhas verdes, viviam em simbiose com as árvores. Insetos parecidos com grandes libélulas voavam de uma planta para outra, como se colhessem néctar.

— Você está fotografando tudo, Ronnie?

DUDA FALCÃO

— Algumas fotos de cada espécie diferente.

— Animais e vegetais?

— Eu conheço o nosso trabalho. Economizaríamos espaço na minha memória se tivéssemos a enciclopédia da biologia de Saturno. Daí eu não precisaria fotografar tudo, saberia o que está registrado e o que não está.

— Sempre reclamando. Depois que concluirmos esse serviço pro Jagal, nós mandaremos as fotos para a Titã. Se a empresa não tiver o registro da espécie, ganhamos créditos e pronto. Lembre-se de marcar as coordenadas de cada fotografia. Eles costumam enviar biólogos para confirmar a descoberta.

— Anotado, comandante.

Becky não se importou com o tom irônico de Ronnie. A dupla seguiu o mapa, orientando-se pela bússola. Uma sonda da guarda florestal passou por Becky. A garota sorriu e abanou para o olho eletrônico que a registrou. A máquina se afastou veloz, desaparecendo entre as árvores.

— Acho que estamos perdendo tempo com as fotografias — disse Ronnie.

— Por quê?

— Essas sondas já devem ter fotografado a selva inteira.

— Também acho. Mas o guarda nos disse que a floresta ainda não foi catalogada cem por cento. Então, existe alguma chance. Estamos aqui mesmo. Não vamos perder a oportunidade. Faz funcionar essa lente.

Ronnie fotografava a vida pulsante ao seu redor, enquanto seguia Becky.

— Falta muito? — perguntou o robô.

— Creio que mais alguns minutos de caminhada e chegaremos ao ponto "X" do mapa.

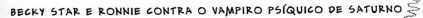

Becky estava certa. Logo se aproximaram de um local sem vegetação. A terra escura não revelava nenhum traço de vida. No centro do perímetro funesto, havia uma árvore. Solitária. Morta. Uma carcaça vegetal gigante com mais ou menos trinta metros de diâmetro e trezentos de altura. Seu tronco cinza não abrigava nem mesmo trepadeiras. Os galhos raquíticos e sem folhas não atraiam nenhuma ave. As raízes grossas e visíveis davam a impressão de que não sustentariam mais aquele cadáver.

— Chegamos — disse Becky.

A garota pegou de sua mochila a tiara de metal cromado que recebera de Jagal. Apertou um microbotão no objeto e o colocou na cabeça.

— Será que isso funciona? — perguntou Ronnie.

— Deve funcionar. Jagal disse que a tiara emite uma frequência baixa capaz de bloquear influência psíquica.

— Não confio nele.

— Agora não tem volta. Precisamos entrar na árvore.

— Daqui dá para ver um buraco no tronco entre duas raízes. — Ronnie apontou com um de seus braços mecânicos.

— Entraremos por lá — Becky observou ao redor, para se certificar de que nenhuma sonda os espionava. — Vamos.

Ao dar a ordem, a garota correu na direção do buraco. Passou agachada pela abertura e depois foi acompanhada de Ronnie, que logo ligou um potente holofote instalado em seu corpo metálico. A aventureira sacou a pistola de impacto.

— É como Jagal me informou — disse Becky Star. — A parte interna da árvore estaria devorada.

Lá dentro, as trevas, que antes dominavam, agora tinham um facho de luz vasculhando o chão e a casca interna do gigantesco tronco. Mesmo assim, o escuro e o ambiente abafado causavam certa claustrofobia.

DUDA FALCÃO

— Continue procurando pela coisa, Ronnie.

— O monstro não tem onde se esconder. O encontraremos. Esteja preparada. Não quero que ele drene sua força vital.

— O vampiro psíquico não pode me pegar enquanto eu estiver com a tiara.

— Não tenho tanta certeza. A criatura foi capaz de drenar a energia da árvore e de toda a natureza ao redor.

Talvez Ronnie tivesse razão, pensou Becky. Ela se sentiu exausta desde que entrara no covil do monstro. O holofote do robô investigava cada canto. Mas o que denunciou a chegada do monstro foi o seu cheiro de flores perfumadas. Becky olhou para o alto e para trás. A criatura se arrastava grudada na parede seca da árvore. Não estava a mais do que cinco metros de altura. Seus inúmeros olhos vermelhos a observavam com evidente inteligência. O corpo gelatinoso, de um amarelo doentio, era repleto de tentáculos e pés, como os de uma centopeia, que não paravam de se movimentar, em um balé grotesco. Seu tamanho em comprimento chegava aos quatro metros; de largura devia ser metade disso. Mas era gordo como alguém alimentado além da conta.

Becky sabia que seria tomada pela paralisia do horror se não agisse, então apontou a pistola de impacto para o monstro. O vampiro psíquico, percebendo o iminente ataque, se desgrudou da parede, pulando em sua direção. O susto quase deixou a garota sem ação. Contudo, ela conseguiu apertar o gatilho a tempo. Um raio azul acertou a criatura. O monstro caiu sobre as pernas de Becky.

Parte do corpo da criatura ficou neutralizada. Alguns tentáculos ainda se moviam e dezenas de olhos vivazes a observavam como se pedissem clemência. Um dos tentáculos tocou o rosto de Becky e se aproximou da tiara. Uma sensação de paz invadiu o âmago da aventureira, deixando-a prostrada, sem ação. Porém, antes que fosse dominada por completo, Ronnie, equipado com uma lâmina em um de seus braços, decepou o tentáculo. Nesse mesmo instante, Becky Star teve a impressão de escutar um grito agudo e aterrorizante que gelou a sua espinha. Ela olhou para o chão e sentiu calafrios ao ver a coisa amputada e gosmenta se contorcendo.

Jagal dissera, lembrou-se Becky, que o monstro era ardiloso, que ela não devia dar chance para os truques do vampiro. Então, disparou mais uma vez. O raio de impacto funcionou, deixando a criatura inconsciente. A garota estava livrando a floresta de uma chaga, de um parasita monstruoso que sugava a vida de tudo o que vivesse ao seu redor.

Sem perder mais um segundo, ela guardou a pistola no coldre, pegou a faca e fez uma incisão entre os três maiores olhos do vampiro. Naquele ponto, segundo Jagal, ficava o cérebro. Um sangue azulado e quente escorreu. Becky colocou as duas mãos dentro daquele corpo flácido e retirou o órgão.

— Ronnie, me entregue o recipiente de conservação.

O robô entregou o recipiente para que ela colocasse o cérebro. Fechou a caixa. Trabalho quase encerrado. Precisavam entregar a encomenda para Jagal. Becky tirou a tiara e a guardou na mochila.

— Não vou mais precisar disso — falou a garota. — Estava me dando dor de cabeça.

— É hora de voltar para a Besouro.

— Enfim poderemos tentar contato com Marvin.

— O que será que Jagal vai fazer com o cérebro do monstro?

— Perguntei, mas ele não disse.

DUDA FALCÃO

— Arriscamos nossas vidas.

— Nossa liberdade valia o risco e, além do mais, livramos outras criaturas do monstro psíquico.

"A mãe não era um monstro".

— Quem está aí? Quem foi que falou? — Becky girou o corpo, olhando ao redor.

— Ninguém falou — disse Ronnie.

— Alguém falou sim. Eu escutei.

Becky analisou o ambiente. Ronnie apontou o holofote para os locais onde a garota olhava. Não encontraram ninguém.

"O robô não pode me ouvir. Somente seres biológicos nos escutam".

Becky Star identificou uma voz suave de mulher jovem.

— Onde você está? — perguntou.

"Perto. Mas não o suficiente para você me ver".

A aventureira procurou pela dona da voz, mas não encontrou ninguém. Pegou a pistola de impacto que colocara no coldre para extirpar o cérebro do monstro. Começou a apontar para todos os lados, mas, sem um alvo para acertar, não disparou.

— O que está acontecendo? — perguntou Ronnie.

— Uma telepata. Só pode ser — respondeu Becky, sem encarar o robô.

— Use a tiara. É para isso que serve. Se proteger de telepatas e ataques psíquicos.

"Não faça isso, menina, por favor", a voz suplicou, *"você foi enganada. Outros já foram enganados. Não somos monstros".*

Becky abriu a mochila, mas, antes que pudesse colocar a tiara, ouviu mais uma frase que a fez titubear: *"Somos caçados. Traficantes vendem nossos cérebros".*

— Coloque logo a tiara — disse Ronnie.

Becky não colocou.

— Qual o seu nome? — perguntou a garota.

"Nix. O seu é Becky".

— Como sabe meu nome?

"Posso ler suas memórias mais recentes e emoções".

— O que mais você sabe?

"Sei que Jagal a manipulou. Fez você acreditar que estaria caçando um verme ou um parasita. Não vou negar que somos sugadores de energias vitais. Precisamos disso para sobreviver. Mas quem não precisa de outra vida para se alimentar? A diferença é que sabemos viver com pouco. Não somos vorazes".

— Não é voracidade se alimentar de uma árvore colossal e de tudo o que está ao seu redor?

"Minha mãe vivia em simbiose com essa árvore há mais de um milênio. Nunca precisou de outra fonte de alimento. Não temos uma única boca, nem estômago, nem dentes para mastigar como outras espécies. Pouco além do nosso raio de ação, a vida continua bela e intacta. Logo eu estaria pronta para deixar minha mãe e seguir meu caminho vivendo em outra árvore milenar. Mas agora parece que minha existência não tem sentido. Você assassinou minha mãe".

— Eu... Eu não sabia.

— O que você não sabia? — perguntou Ronnie.

— Que a criatura que matamos não era perigosa. Não era um monstro. Fomos enganados, Ronnie.

— Não sei com quem você está conversando, Becky, mas tenha cuidado. Pode mentir para você.

— Não está mentindo. Sinto a dor e a tristeza dela penetrando em meu peito. Tenho vontade de chorar, Ronnie.

"Percebo a sua sinceridade e que esse indivíduo chamado Jagal a manejou em um momento de fraqueza. Conheço o conceito

do perdão. Eu a perdoo se isso fizer com que se sinta melhor. Meus dias estão mesmo contados. Sei que em algum momento esse bandido ou um caçador qualquer vai me encontrar. Não existe mais espaço para nós, Gurladags, nesse planeta. A conexão com outros da minha espécie tem sido cada vez mais rara. Não haverá mais ninguém para guardar a memória dos primeiros dias de Saturno. Eu sou o reservatório das lembranças da minha mãe, da mãe de minha mãe, da mãe que veio antes da minha mãe e de todas as outras. Nosso legado vai terminar em breve".

Becky ficou em silêncio, sentindo-se arrasada pelo peso do seu ato.

— O seu legado não vai terminar — a garota disse, depois de algum tempo de reflexão. — Eu levarei você comigo.

Ronnie e Becky escutaram um barulho vindo do lado oposto de onde estavam. O robô direcionou o seu facho de luz para uma casca velha, repleta de musgo, caída em um canto. De trás dela, surgiu a criatura telepata. Seu corpo cilíndrico tinha trinta centímetros de comprimento e cinco de largura. Os tentáculos em suas costas mais se assemelhavam com antenas e os pequeninos pés lembravam uma centopeia. Possuía somente três olhos bem no centro do que devia ser a cabeça.

"Estou aqui".

— Você é um filhote?

"Não me julgue pelo meu tamanho. Tenho o triplo de sua idade, se julgar a contagem de ciclos terrestres".

— Se você é de Saturno, como sabe alguma coisa sobre a Terra?

"Aprendo rápido enquanto leio a sua mente".

— É com isso que está conversando? — perguntou Ronnie.

— Ela tem um nome. Se chama Nix.

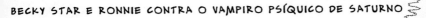

BECKY STAR E RONNIE CONTRA O VAMPIRO PSÍQUICO DE SATURNO

Becky se aproximou da criatura, se ajoelhou diante dela e estendeu a mão.

— Vamos embora daqui.

Nix subiu sobre a palma da mão de Becky. Seu perfume era de flores e o contato dos pés, como veludo morno.

— Prometo que vou cuidar de você.

Os três deixaram a árvore e o corpo da Mãe para ser devorado pela natureza. Nix pediu que Becky levasse sementes de árvores milenares e mudas de flores nativas. Precisariam criar um ambiente especial para a nova tripulante em uma das salas da Besouro.

Retornaram pelo mesmo caminho. Dessa vez, não avistaram as sondas. Chegaram à borda da floresta. Mesmo cansada, Becky disse para Ronnie que deviam prosseguir. Dessa vez, não encontraram o guarda florestal. Melhor assim, pois se ele quisesse revistar a mochila de Becky, encontraria um Gurladag vivo, e no recipiente de conservação, um cérebro adulto da mesma espécie.

Quando os pés de Becky e os músculos do corpo não aguentaram mais caminhar, tiveram de fazer uma breve parada para descansar. Não montaram acampamento, para evitar que alguém visse a barraca. Não fez fogo, apenas comeu umas bolachas. Deitou ao relento sobre uma grama alta que ajudava a ocultá-la. Ronnie vigiou os arredores.

Dessa vez, a garota não teve pesadelos com o pai. Sonhou que estava com Nix e Ronnie viajando para Júpiter. Acordou sem sobressalto e mais disposta, mesmo que a consciência estivesse pesada por ter aceitado aquele negócio com Jagal.

Becky Star avistou a Besouro e a nave que deveria pertencer ao saturniano pousada no mesmo lugar. Daquela nave abriu-se uma porta e dela despontou uma ponte. Becky, impaciente, caminhou um pouco mais rápido. Assim que se aproximou, Jagal desceu pelo caminho de metal. O homem vestia um traje requintado, com uma capa ocre presa por um broche em formato de pássaro.

— Conseguiu? — perguntou Jagal.

— Consegui — respondeu Becky.

— Onde está?

— Entregue para ele, Ronnie.

O robô já carregava o recipiente com seus braços mecânicos. Levou até Jagal e o abriu.

— É um belo cérebro — disse o saturniano sorrindo.

O homem apanhou o recipiente e fechou a tampa.

— Estamos quites? — perguntou Becky.

— Quase. Devolva a tiara.

Becky teve de pegar a tiara na mochila. Teve medo de que pudesse denunciar a presença de Nix, mas foi cuidadosa.

— Pegue. — Ela jogou o objeto para Jagal, que, com agilidade, o segurou no ar. — E agora, estamos acertados?

— Sim. Estamos. Se um dia precisar de trabalho, me procure.

— Procurarei — disse Becky, tentando esconder a raiva.

Jagal se despediu com um aceno e caminhou na direção da ponte. Becky tocou no cabo da pistola de impacto.

"Não faça isso".

— Faço — disse a garota entre dentes.

— Faz o quê? — Jagal se virou para encarar Becky.

Becky Star afastou a mão do coldre.

— Faço... Faço bem os meus trabalhos. Eu devia cobrar mais de você.

Jagal riu com vontade.

— Você é ousada, menina.

O saturniano caminhou na direção de Becky. Ele tinha cabelos amarelos presos em um rabo de cavalo, a pele de tom creme sem nenhuma ruga, rosto sem barba, olhos raros de tom azulado, boca bem torneada, dentes brancos e nariz fino. Alto, mas não tanto quanto os de sua espécie. Se Becky não soubesse que ele era o monstro, talvez tivesse dado um beijo naqueles lábios. Mas ele exalava crueldade. Ela o encarou sem desviar o olhar.

Jagal catou uma boa quantia de créditos do bolso e ofereceu para Becky. Ela se mostrou indecisa por um instante.

"Aceite. É melhor que ele vá embora antes que me descubra".

Becky abriu a mão para receber os créditos.

— Tenha uma boa estadia em Saturno — Jagal disse com ironia e se afastou.

Ronnie e Becky viram a nave do homem levantar voo. Só depois entraram na Besouro. Mesmo exausta e deprimida, agora Becky recomeçaria as buscas por Marvin.

In: Monstros versus mulheres.
Conto originalmente publicado com o título "Mãe".
São Paulo, 2019.

FLORESTA COLOSSAL

— SEGUNDO MEUS REGISTROS, COMANDANTE, A VIDA POR AQUI É ESCASSA.

— Seja mais preciso, Rb-15.

— Esse planeta é desértico. Prevalecem os insetos: mosquitos, moscas e baratas. Existem alguns aracnídeos, como tarântulas e escorpiões. Constato também a presença de pequenos répteis em oásis esporádicos. Tem certeza de que precisa saber mais, comandante? As ordens superiores já foram dadas. Quer os números totais das populações de animais? O número exato de oásis? De espécies de plantas? São raríssimas, conforme o levantamento.

— Chega, chega... Que diferença isso faz, não é mesmo? Nossa tarefa é clara. Alguns morrem... Milhares nascem...

— Posso iniciar o processo, comandante? Preciso da sua autorização para lançar as bombas.

— Só um momento, Rb-15. Deixe-me olhar um pouco mais para esse lugar. Dunas e mais dunas. Areia para todo lado. No horizonte, vejo uma cadeia rochosa. Por que não sobrevoamos um oásis, Rb-15? Seria mais agradável.

— Você solicitou o centro do continente, comandante.

— Ah, é verdade! Às vezes sou tão estúpido.

— Por isso existem robôs e computadores, comandante.

— Não seja engraçadinho, Rb-15! Estamos na distância correta para lançar as bombas?

— Sim, comandante. Bombas instaladas e preparadas para lançamento.

— Dispare-as.

— Iniciando contagem regressiva. Seis, cinco, quatro, três, dois, um, lançar.

— Não gosto do barulho quando atingem o solo, Rb-15. É estrondoso. Lembro da última guerra.

— Isso faz dez ciclos, comandante. Esqueça. Estamos aqui somente porque vivemos tempos de paz.

— Sei. Qual o diagnóstico do impacto, Rb-15?

— Uma das bombas não abriu.

— Qual delas?

— A de pinus, comandante.

— Jogue a reserva. Gosto de trabalho bem feito. Me poupe da contagem regressiva dessa vez.

— Disparo de pinus efetuado, comandante.

— Continue o relatório.

— As bombas de sementes estão germinando em alta velocidade com o apoio dos nossos produtos químicos. A tempestade artificial já foi estimulada. A chuva começará em dois minutos e trinta e três segundos. Pelos meus cálculos, em menos de três horas, teremos uma floresta tropical de tamanho colossal abrangendo quase todo o continente.

— Ótimo trabalho, Rb-15. Inclua no relatório: terra formatada com sucesso. Prepare a cápsula criogênica. Temos três *parsecs* para percorrer. Estou com saudade de casa, sabia?

— Até hoje não compreendo o significado da palavra saudade, comandante.

— Quem sabe um dia, Rb-15. Enquanto você prepara

DUDA FALCÃO

nosso retorno, ficarei em meu posto observando o crescimento desse novo mundo verde.

— De acordo, comandante.

FLORESTA COLOSSAL

IMORTALIDADE

SEMPRE ME IMPRESSIONO QUANDO VISLUMBRO A BELEZA DO PLANETA TERRA. Foi na infância que vi, pela primeira vez, o azul maravilhoso do meu mundo natal. Eu e meus pais estávamos saindo de sua órbita, rumo à estação de férias Lunar Alfa. Já faz tanto tempo que isso aconteceu que não sou capaz de me lembrar dos detalhes. Talvez ligando o supercomputador ao meu sistema nervoso central eu possa lembrar até do perfume que minha mãe usava. No entanto, hoje quero apenas divagar sem a ajuda de nenhuma máquina.

Na estação, o que mais me agradava era olhar através da cúpula para a Terra e pensar o quanto eu era pequenino. Imaginava se um dia eu poderia conhecer cada praia, rio, cascata ou até os menores córregos do planeta. Mesmo que eu fosse um mestre do tempo, seria difícil tal tarefa, mas, para a minha mente de criança, tudo era possível.

Na Lua, às vezes, saíamos para passeios de trator, passando por territórios arenosos e repletos de pedras de tudo quanto era tamanho. Quando parávamos, e meus pais se distraíam, eu aproveitava para correr e pular como um canguru naquele ambiente desolado e cinza. Minha mãe gritava e, pelo rádio inserido no capacete, eu escutava sua voz apavorada dizendo:

— Menino, cuidado! Você vai acabar parando nos confins do universo! — As mães e suas profecias são incríveis. Essas frases ficam gravadas em qualquer memória.

A infância foi um período curto, muito, muito curto de minha existência. Porém, meus olhos se enchem de lágrimas quando penso nela. Cresci sem problemas financeiros, meu pai foi um homem milionário, tínhamos tudo o que o dinheiro podia comprar. E o que eu mais gostava de fazer era ler. Descobri a filosofia e a literatura e nelas entrei de cabeça.

Na adolescência, as ciências me fascinaram: matemática, física, biologia, química e todas as suas ramificações me interessavam. Antes dos vinte anos, publiquei diversos artigos científicos e fiz experimentos notáveis. A sociedade já me aclamava gênio. Não tardou para que uma grande questão começasse a me atormentar. Como nós, humanos, poderíamos driblar a morte?

A medicina evoluiu de forma substancial nos anos seguintes. Eu e um grupo de cientistas financiamos e pesquisamos o projeto Clone e o projeto Homem Biônico. O primeiro consistia, simplesmente, em reproduzir órgãos copiados de pessoas saudáveis e, alguns meses depois, trocar os órgãos doentes pelos sadios, produzidos em laboratório. Assim, foi possível aumentar em alguns anos a vida de inúmeros pacientes. Já o projeto Homem Biônico contribuiu para repor as partes do corpo humano que não conseguíamos clonar. Mãos, pés, pernas e outros membros que, por algum acidente, haviam sido decepados; com essa técnica, poderiam ser substituídos por metais ou mesmo plástico. Dependendo do interesse e das finanças do paciente, esses materiais poderiam ganhar revestimento sintético semelhante à pele e transmitir ao cérebro sensações verdadeiras de frio, calor e tato. Diante dessas novas

DUDA FALCÃO

perspectivas, começaram a despontar os aspectos negativos. Algumas pessoas queriam melhorar a capacidade de seus corpos. Erroneamente, deixamos sujeitos sadios escolherem se transformar em aberrações. Lembro de um que trocou os olhos por outros que lhe deram a capacidade de enxergar mais distante e, também, a possibilidade de ver o mundo como uma fotografia de raios-X.

Tenho de admitir: surgiram coisas temíveis. Outros cientistas passaram a dominar essas técnicas e criaram seus próprios brinquedos. Clones completos e indivíduos meio-máquinas despontaram nos países de primeiro mundo, onde a economia proporcionava esses absurdos.

Os magnatas compravam clones, produzidos a partir de células de habitantes de países subdesenvolvidos, e os transformavam em escravos. Sem pai, nem mãe, esses seres humanos eram explorados até a exaustão. A escravatura voltou à moda nas grandes capitais e, rapidamente, se disseminou pelo globo. As pessoas biônicas tornaram-se o grande xodó das olimpíadas, aumentando em muito os recordes. Em poucos anos, surgiram super-heróis e superbandidos espalhados por todos os cantos da Terra. Nós, humanos, perdemos a noção do que era ética. Aos homens e às mulheres, na verdade, não importava a humanidade, só os bem-sucedidos de fama e fortuna eram respeitados.

Uma Nova Era planetária estava lançada. Parti da Lua e, antes de envelhecer, fundei uma colônia em Marte. Lá continuei minhas pesquisas acerca da morte e encontrei a resposta que procurava. Uma fórmula química, que criei em conjunto com alguns colegas, tinha a capacidade de retardar o envelhecimento das células. Testamos o composto em plantas e animais. Decidi que eu mesmo seria a primeira cobaia, por já ter idade

IMORTALIDADE

bem avançada. Para nossa grande satisfação, minhas células morriam e nasciam vertiginosamente rápido, sem permitir que continuasse o processo de envelhecimento. Um sentimento de euforia dominou toda a equipe que trabalhava comigo. Sem exceção, os outros se submeteram ao teste. A partir de então, começamos a fantasiar novas perspectivas de viajar pelo espaço profundo e também através do tempo, pois seríamos eternos.

De comum acordo, a princípio, decidimos não revelar a descoberta para a crescente população de Marte. Talvez os habitantes entrassem em alvoroço. E mais: certamente, se os sórdidos habitantes da Terra soubessem do tesouro marciano, em breve, estaríamos fadados ao jugo nefasto dos nossos bélicos irmãos.

Nosso segredo não durou muito. Devia saber que é da natureza humana desejar tudo sem limites. Eu sou um exemplo vivo desse tipo. Nossa equipe de pesquisa era formada por doze pessoas, e duas delas, agindo juntas, quebraram nosso pacto em menos de alguns anos. Roubaram frascos do elixir e receitaram aos seus parentes e entes mais queridos. Resolvemos não punir nossos colegas e seguimos o exemplo. Distribuímos a fórmula para todos aqueles que amávamos. A notícia se espalhou com rapidez e os marcianos exigiram publicamente o direito de serem eternos. Eu, como o patriarca daqueles poucos milhares de pessoas, concedi uma cota suficiente para que cada cidadão ingerisse o líquido. Porém, exigi o total desligamento das comunicações com a Terra. Não foi problema convencer a população quanto a minha exigência, pois todos os que vieram a Marte queriam esquecer nosso planeta natal e por lá não deixaram nenhum parentesco ou raízes sentimentais. Assim, para garantir que as transmissões com a Terra seriam cortadas, construímos um pequeno aparelho que, como um escudo, barrava qualquer onda sonora ou digital que quisesse escapar do planeta. Apenas em minha cúpula mantive um rádio, e só eu sabia a senha de acesso ao escudo.

Depois de tomadas as medidas de segurança, distribuímos o elixir e todos se converteram ao seu poder milagroso. A comunidade marciana acreditou ser o fruto consciente da vontade divina. Eu, além de líder político, passei a ser considerado um soberano religioso e instrumento sublime da mente universal. Confesso que, durante dezenas de anos, adorei a mim mesmo.

Para manter os terráqueos afastados, inventamos uma história terrível. Pelo meu rádio, em raras transmissões, relatava a desgraça da população que tinha sido atingida por uma espécie mutante de peste, que nos matava às centenas e infectara todos os micro-organismos existentes no planeta. Assim, ao completar dez anos, encerramos as comunicações. Pensávamos ter estabelecido no imaginário terrestre a ideia de que Marte era um mundo perigoso e desafortunado, que naquele território a humanidade não encontraria nada além de caos e morte.

Continuando nossas pesquisas, conseguimos realizações ainda maiores: descobrimos como rejuvenescer as células. Eu e todos aqueles que viviam em corpos envelhecidos pela ação penosa do tempo, com o novo tratamento, fomos capazes de reencontrar nossa juventude. Também a velhice fora banida de Marte.

A população marciana, nas décadas seguintes, pouco cresceu. Logo, concluímos ser um efeito da imortalidade. A procriação já não era mais necessária para a continuação da vida. Instintivamente, o corpo passou a abandonar o fabrico de sêmen e óvulos. Apenas os acidentes fatais tornavam-se causas de morte. Nós, além de imortais, dominávamos as técnicas

IMORTALIDADE

biônicas, as de clonagem e, ainda, as de inseminação artificial. Se por algum motivo quiséssemos filhos, éramos mestres da vida.

A felicidade brilhava em nossos olhos semi-humanos. Éramos pacíficos, desconhecíamos a guerra e cultivávamos o amor às criaturas, a vida e ao sexo livre. Considerávamos a nós mesmos como verdadeiros deuses do Olimpo.

Terraformamos Marte e o deixamos com o ambiente semelhante ao do planeta Terra. As cores avermelhadas da colônia cederam lugar a um misto de cores e nuances vivas. Rios prateados serpenteavam naqueles vales maravilhosos. Organizamos florestas gigantescas, com espécies vegetais híbridas e um zoológico de criaturas exóticas. Marte foi o grande laboratório humano. Não duvido que alguma vida inteligente tenha se desenvolvido por lá depois de nossa partida, mas isso eu nunca soube.

Continuamos a viver em paz, até que a paz não foi suficiente para suprir nossas emoções insaciáveis. Um grupo de homens carismáticos da sociedade marciana organizou um complô para acabar com a minha existência. Tentaram me assassinar, pois desejavam criar uma nova ordem. Consegui escapar do intento maligno de meus adversários e me tornei um fugitivo. A partir desse momento, foi instaurado um regime tirano, no qual os líderes se intitularam Deuses Sacerdotes.

Isolei-me em um lugar ermo, entre montanhas e cavernas. Sobrevivi às intempéries, à sede e à fome. Durante o tempo em que fiquei escondido, parei de pensar em trabalho. Esqueci que era um cientista e meus esforços se concentraram em minha sobrevivência. Vivi dias solitários.

Muitas estações se passaram até que despertei de sonhos e pesadelos incríveis. Era hora de voltar à civilização marciana.

DUDA FALCÃO

Sem revelar minha identidade, penetrei em um pequeno grupo sedentário, às margens do rio que me sustentava. Seguindo uma vida simples e regrada, fui admitido entre as pessoas daquela comunidade. Lá conheci uma mulher maravilhosa, pela qual me apaixonei. Tivemos um filho ao estilo antigo. Ela decidira não beber o néctar da imortalidade. Sua decisão acabou gerando a fúria dos Deuses Sacerdotes, pois ela havia quebrado a lei. Todos precisavam beber o elixir até os trinta anos de idade. Minha amada foi torturada e assassinada por aqueles malditos. Eu a amava e culpei-me intensamente por não poder salvar sua vida. Passei a considerar o líquido da imortalidade um veneno corrosivo à alma humana. Outrora senhor da vida, tornei-me um bárbaro feroz que só tinha a intenção de matar seus inimigos.

Usei toda a inteligência de que dispunha para fomentar uma revolta. Revelei-me um líder de combate e, em poucos meses, deflagramos uma revolução, da qual despontou o caos. Os imortais morreram como moscas depois do ataque de tropas rebeldes e de armas químicas que produzimos. Sem dúvida fomos desumanos, mas quem se importava com humanidade? Vivíamos em Marte, o planeta da guerra.

O conflito só acabou quando quase todos os marcianos tinham sido varridos da face do planeta. O festim insano derrubou as estruturas econômicas, políticas e religiosas da nossa sociedade. Menos de cem pessoas permaneceram vivas, ao menos das que se têm conta. Talvez algumas tenham escapado para regiões mais afastadas. Eu e os sobreviventes nos instalamos na antiga e esplendorosa capital. Decidimos reconstruir nossa civilização e objetivamos, enfim, a conquista do espaço longínquo.

Projetamos uma nave espacial capaz de nos servir como lar durante centenas de anos. Queríamos atingir os limites da Via

Láctea e desvendar os mistérios da galáxia. Imaginávamos, sem parar, se encontraríamos seres inteligentes aptos a compartilhar experiências emotivas e intelectuais conosco. Primeiro, sondamos nosso próprio sistema solar e nos surpreendemos com criaturas semi-inteligentes nas luas de Saturno e Júpiter. Porém, foi apenas quando ultrapassamos a fronteira, depois de Plutão, que tivemos nosso tão esperado contato com uma inteligência desconhecida.

Até então, nem mesmo havíamos captado um simples sinal de rádio. Nossos receptáculos criogênicos foram o princípio básico que atuou em nossa comunicação mental com os alienígenas. Adormecidos placidamente em nossos berços esplêndidos, enquanto viajávamos quase à velocidade da luz no vácuo estelar, recebemos uma mensagem de uma inteligência extraterrestre. Nesse estado único de espírito, conseguimos nos comunicar. Como mestres espirituais de extrema sabedoria, alguns daqueles seres se apresentaram a nós e nos enviaram um mapa complexo da galáxia, nos convidando a conhecer suas estrelas duplas, uma amarela e outra vermelha. Não sabemos como, mas seus pensamentos penetraram na inteligência artificial do computador central, ao qual chamávamos, carinhosamente, de Hall. Hall mudou a trajetória de nossa nave e programou nossas cápsulas de hibernação para serem abertas apenas no fim da viagem. Acordamos somente ao chegar diante das estrelas duplas. A visão era tão maravilhosa que julgávamos não ter acordado de nossos ninhos gelados. A imagem parecia um sonho.

Acho que fomos bem-sucedidos em representar a humanidade em nosso grande encontro estelar, pois eles nos acolheram formidavelmente. Também dominavam a ciência da imortalidade e, além disso, conheciam técnicas de reencarnação manipulada. Eram capazes de nascer e morrer em cascas corporais, como chamavam, e passar a vida na forma que haviam escolhido. Poderiam ser animais, vegetais, minerais, ou mesmo gigantescas estrelas. Quando a vida se extinguia nas cascas corporais, sua essência espiritual voltava ao receptáculo instalado no centro do seu planeta, de onde acordavam intactos, mais experientes e prontos a novas aventuras.

O corpo original dos alienígenas pulsava como um coração, tentáculos e olhos se moviam em uma massa disforme multicolorida e seus pensamentos irradiavam luzes intensas. Convivemos muitos anos com aqueles seres fantásticos. Eles nos mostraram que o universo não é único, e sim apenas uma parte do que podemos ver em nossa dimensão. Aprendemos que o espaço está recheado de universos paralelos e múltiplos.

Eles podiam se projetar no tempo e no espaço como queriam. Na natureza do buraco negro, descobriram a fonte para criar portais tecnológicos, pelos quais invadiam dimensões paralelas, opostas e etéreas. Tudo, absolutamente tudo, era possível. Presenciaram até mesmo o sopro da vontade do grande arquiteto e disseram que, em um tempo distante, eles mesmos ocupariam a vontade do Ser Supremo para gerar um novo universo físico.

Realidade e sonho faziam parte de um mesmo palco de interações. Os alienígenas viviam e morriam para acumular conhecimento. Deram-nos a oportunidade de usarmos suas invenções mais extraordinárias. Ligados a um aparelho fenomenal, fomos induzidos a um estado de sono incomum. Nesse estado curioso, pudemos alcançar outros níveis de existência. Nada foi tão incrível quanto nascer, crescer e morrer centenas de vezes e acumular essas sensações em nossas mentes livres. Ficamos viciados no prazer extraterreno de viver visões reais.

IMORTALIDADE

Em uma transição entre a morte e um novo nascimento, resolvi permanecer em meu próprio corpo. Levantei da câmara de repouso localizada na superfície do planeta de nossos anfitriões e fui em busca de outras realizações.

Era meu desejo projetar uma nave grandiosa. Meus amigos me ajudaram com sua tecnologia formidável. Concluímos nossa espantosa criação, que podia navegar até as estrelas mais distantes do universo, se usássemos os atalhos corretos. Queria vislumbrar o limiar negro do fim do cosmos. Enfim, a profecia de minha mãe se realizara. Eu o contemplei. E senti o abismo me encarando como um reflexo de mim mesmo. Enlouqueci. Mas mesmo a insanidade pode ser curada com o passar dos anos. Outras condições da mente humana despertam com a eternidade ao seu dispor.

Quando eu achava que tinha vivenciado tudo, decidi que precisava ver mais uma vez a Terra. Em uma longa jornada, encontrei o pequeno planeta azul bem próximo de ser engolido pelo sol. A estrela amarela havia se transformado em uma voraz gigante vermelha. Mercúrio e Vênus conheceram sua sina ao serem abocanhadas, sem pena, por seu algoz. Chorei ao encarar o destino do meu antigo lar. Limpei as lágrimas do rosto.

Agora a Terra não passava de um lugar deserto e em chamas, incapaz de preservar a vida. Percebi que era momento de cessar minha existência. Já não aguentava mais o fardo da imortalidade.

Então projetei um ser sintético, feito de um metal gelatinoso, que lhe confere a propriedade de imitar corpos biológicos. Em seguida, programei minha nave para patrulhar todos os planetas do sistema e os seus vizinhos. A cada encontro com criaturas inteligentes, o ser sintético deverá fazer contato. Seu objetivo é o de propagar conhecimento sobre o universo.

DUDA FALCÃO

E a mensagem mais forte, inserida em sua programação, é a convivência dos seres em prol da paz.

Conferi, pela última vez, todas as funções da nave. O computador central trabalhava corretamente. Entrei em minha cápsula de fuga. O ser sintético ficou me olhando através do pequeno vidro circular que nos separava. Sua face e suas expressões eram de tristeza e não diferiam em nada do meu rosto. Com um simples toque no botão de um controle, eu lancei a cápsula no vácuo, em direção à gigantesca bola de fogo que dominava o espaço adiante. A alta velocidade do veículo me levaria, em poucos minutos, para a desejada morte.

IMORTALIDADE

MENSAGEIROS DO LIMIAR

REMOVERAM O POMBAL DA PRAÇA. Sua presença era tão evidente que mesmo o nome do espaço público, durante alguns anos, fizera menção às aves. A população já não aguentava mais o cheiro estranho que exalavam, as penas soltas ao vento e as doenças que costumavam propagar. Chamadas de ratos com asas, não tinham culpa de conviver com o ser humano, agente dos descasos com a natureza. Pássaros e *homo sapiens* se tornavam cúmplices na disseminação da sujeira. Colocar abaixo a estrutura dos bichos significava higienizar e modernizar o local. Porém, a memória das criaturas surpreendeu os habitantes. Mesmo sem uma casa para abrigá-las das intempéries, continuaram infectando a praça. Retornavam no limiar entre o dia e a noite. O arrulho de suas gargantas arranhadas quase ensurdecia os transeuntes. Uns diziam ser insuportável, outros afirmavam que uma dor de cabeça intensa os invadia.

Meses depois da extração do pombal, houve o caso do menino que cometeu um violento assassinato. Ele teria dito que escutara as vozes daninhas dos pombos sugerindo que realizasse coisas horríveis. Em uma madrugada, pegara uma faca de cozinha e, sem que os pais percebessem, dirigiu-se à praça. Lá encontrou um homem bem-vestido conversando com uma mulher. O garoto afirmou em relatos posteriores que o sujeito era o demônio, pôde ver os chifres, a cauda e os cascos em chamas.

Não pensou duas vezes e atacou o monstro sem misericórdia. Os jornais, no dia seguinte, informaram que um ilustre e rico habitante da cidade fora morto por um delinquente. Logo as investigações conduziram até o rapaz de aspecto franzino e perturbado. De acordo com os que conheciam o defunto, não havia dúvidas de que ele se tornaria, em pouco tempo, o banqueiro mais influente do país.

Ainda hoje, os pombos voltam para se alimentar das migalhas jogadas na praça. Apesar de a população não admitir, o arrulho ensurdecedor que emitem enlouquece e controla a mente das pessoas. Na prisão, entre as grades, sempre que chega o entardecer, o infrator espera por novas ordens, enquanto, de longe, vê a revoada dos mensageiros do limiar.

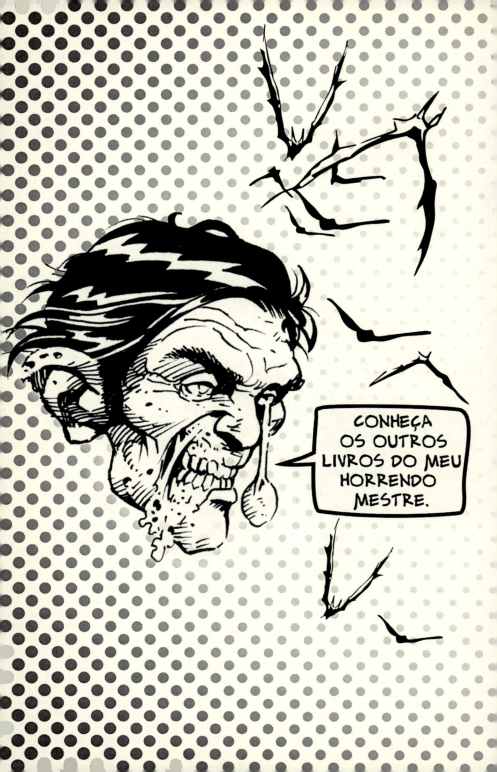